文学新观赏 青少年读写范典丛书

高长梅 王培静 主编

听一只鸟在说什么

嘉男 著

花山文艺出版社

图书在版编目（CIP）数据

听一只鸟在说什么 / 嘉男著.—石家庄：花山文艺出版社，2013.6（2021.6 重印）
（"读·品·悟"文学新观赏·青少年读写范典丛书）
ISBN 978-7-5511-1047-1

Ⅰ.①听… Ⅱ.①嘉… Ⅲ.①散文集—中国—当代②随笔—作品集—中国—当代 Ⅳ.①I267
中国版本图书馆CIP数据核字(2013)第112178号

丛 书 名：	文学新观赏·青少年读写范典丛书
主 　 编：	高长梅　王培静
书 　 名：	听一只鸟在说什么
作 　 者：	嘉　男
策 　 划：	张采鑫
责任编辑：	于怀新
责任校对：	齐　欣
特约编辑：	李文生
全案设计：	北京九洲鼎图书有限公司
出版发行：	花山文艺出版社（邮政编码：050061）
	（河北省石家庄市友谊北大街330号）
销售热线：	0311-88643221
传 　 真：	0311-88643234
印 　 刷：	永清县晔盛亚胶印有限公司
经 　 销：	新华书店
开 　 本：	710×1000　1/16
字 　 数：	160千字
印 　 张：	11
版 　 次：	2013年7月第1版
	2021年6月第2次印刷
书 　 号：	ISBN 978-7-5511-1047-1
定 　 价：	36.00元

（版权所有　翻印必究·印装有误　负责调换）

读,是为了更好地写

高长梅

阅读的目的是长见识,是提升自己的文化素养。这是"读"的基本意义。

很多时候,我们的阅读也无任何的目的,就是为了消遣,为了解闷,为了打发时光。其实,这是"读"的另一种境界。

但对学生乃至爱好写作的人而言,"读"还是为了"写",即人们常说的"读写结合"。这,却是大有讲究的。

"读什么","怎么读","读"如何促进"写",这个问题困扰人们少说也有两千多年了。外国不言,单说我国自《诗经》始,《四书五经》到《千家诗》《古文观止》《唐诗三百首》,哪一个的"读"不涉及后人的"写"?"熟读唐诗三百首,不会作诗也会吟"就说明了"读"和"写"的朴素关系。

"读"于"写"的第一点,当是语言的积累。对绝大多数人而言,"会说"也"能说"几乎是与生俱来的,但这些不一定就是我们写作的语言。即使你"会说"、"能说",但不一定能准确表述你的想法,你的所见所闻;尤其是不一定能用丰富的、生动的、形象的语言或简洁的、凝练的、科学的语言来描述人或事物或观点。写作当如建房,没有各式各样的语料积累,其结果可想而知。巧妇难为无米之炊,再牛的能工巧匠没有基本的建筑材料他也盖不起房子来。但语言积累,不是简单的语言记忆,要内化为自己的,要在自己的胸中发酵,要让它带上自己的思想、情感。这样,在写作运用时,就不会是简单的模仿甚至抄袭。即使是原句引用,也会与你的文章融为一体,恰到好处。初学写作者,常常苦恼自己词汇少,不能准确表述自己的思想;或苦恼自己写得干巴巴的,没血没肉;或苦恼自己虽写得字通句顺,却不像别人写的那样摇曳多姿;等等。多积累语言,是根治这种"疾病"的唯一药方。因此,我们在"读"时,就要看别人是怎么用字、怎么用词、怎么用句……来描写、叙述、来情、议论的。

"读"于"写"的第二点,当是技巧的化用。"我手写我心",看似简单轻松,看似随意,但正如建房,砖头、瓦块、木料等都摆在了你的面前,却不是任何人都建得了房的,你得有建房的技能。写作也是一样,你得掌握一定的技巧。人物怎么描写,事件怎么叙述,情感如何抒发,道理如何论证,等等,你得掌握其基本的方法,然后才能"心到手到",写出一篇像样的文章。我们要像建房者,先做"小工",看人家是如何砌墙、如何粉刷的;然后做"匠人",亲自实践,在模仿中掌握其方法,逐渐为我所用;"匠人"做多了,熟练了,就成了"师傅"。"师傅"一级,技巧娴熟,房建得漂亮。而用心的"师傅"爱钻研,爱琢磨,结合他人的方法创造出更好的新方法,他就成了"建筑师"。写作同理。我们不少阅读者,语言的积累比较重视,但琢磨人家写作技巧的不多,所以文学爱好者不少,但成为作家的就少多了,原因大概与这有一定的关系。因此,我们在"读"时,就要看别人是如何选择材料、如何谋篇布局、如何安排结构、如何运用表达方式、如何布置情节……看他们如何安排重点、如何把人物写活、件、如何条分缕析丝丝入扣、如何巧妙起承转合……

"读"于"写"的第三点,当是思想的融合。有了语言的积累,也掌握了一定的技巧,文章也写得是这么一回事了。但你的文章仅仅止于此,那也不过如同一栋能住人的房子而已。一篇文章品质的高低,除了语言的准确、生动、丰富、优美、灵动……除了构思的奇巧、结构的多元、情节的波澜、布局的精妙、手法的多变……是否有思想就显得格外重要。我们常说,这篇文章语言优美,构思巧妙,但立意不高。我们还常说,这篇文章不仅语言优美,构思巧妙,而且立意高,有思想。一篇仅靠语言打扮的文章,就好比一个俗人涂脂抹粉；一篇仅靠卖弄技巧和语言的文章，就像一个没有灵魂的美人卖弄风骚而已。语言可以记忆，技巧可以模仿，但思想要靠领悟，要融入作品之中去反复地阅读，要从深层次去寻找作者的精神。有的人的文章写得很美，技巧也妙，但就是没有深度，没有思想，没有灵魂，没有底蕴，往往就事论事，往往只是当复印机，复制了场景，复制了人物，复制了事件，但都是没有活力，没有生气，没有精神的。在阅读中提升自己的思想，的确常被我们忽视。思想靠别人的潜移默化来，精神也靠别人的影响而来。我们常听说在阅读中提升了自己，净化了自己，受了一次洗礼似的教育，等等，大约就是指这些吧。所以，我们在"读"时要琢磨别人是如何通过人物的描写表现人物的思想、精神，琢磨别人如何通过将一般人眼中的小事、凡事写出其社会价值，琢磨别人如何从一滴露珠看出太阳的光芒……如何选择语言材料最准确、最鲜明地表达出思想内容而非干巴巴贴标签，如何通过景、人、物悟出其蕴含的道理而非故弄玄虚牵强附会……

"读"于"写"的第四点，当是情感的交融。文章当有情，无论你是否抒了情，情就不自觉地流出了你的笔端。阅读中，我们除汲取作者的语言养料、技巧养料、思想养料外，还要品味、感受作者的"情"。与作者同悲，与作者人物同喜，置于作者笔下的优美环境而赏心悦目，等等。这就是受作者之"情"的"滋润"。文章是否感人，除了语言、思想外，有无"真情"很重要。朱自清的《背影》靠的是"情"的打动，鲁迅的《记念刘和珍君》这篇"血写的文章"其实靠的也是"情"的喷发。一篇只有华丽的语言而无思想的文章犹如没有灵魂的躯壳；一篇即使有非凡高度思想而无情感的文章也不过是一具可能具有文物考古价值的木乃伊。但"情"在文中的宣泄如何把握，这也是我们在阅读中要学习的。这也是我们常犯的错误。写作中我们或无病呻吟虚假瘆人，或情溢滥筋叫人发腻。让"情"如何恰到好处，非向好文章学习不可。这样，我们在"读"时，就要仔细琢磨别人是如何选择写作语言表达出作者的喜怒哀乐之情，如何传递作者人物的喜悦、哀思、忧怨、恋情，或深、或浅、或缠绵、或热烈，或似小溪的舒缓、或似大海的波涛、或似斗室之花的温柔、或似山野之花的奔放……看作者如何褒贬对象，看作者如何措辞达意致情，看作者如何巧借人、事、景、物以寄寓情感……

"读"于"写"的第五点，当是风格的鉴赏。所谓风格，它是一个作家成熟的标志，是作者在文章（文学作品）中表现出来的艺术特色和创作个性。我们鉴赏其风格，主要是学习他如何创造和完善文章（作品）的风格，也就是看作者在处理题材、驾驭体裁、描写形象、表现手法、运用语言等方面各有什么特色，最终形成了怎样的风格。这些风格，最后成了一个作家个性化的标志。当然，这是"读"的高要求了。琢磨多了，实践多了，很多写作者也形成了类似的风格，便也融入了原作者的风格之中，也就形成了"派"。比如"荷花淀派"、"山药蛋派"、"读者体"、"知音体"，等等。当然，也不能简单模仿，也要适时变化，否则当年散文必"杨朔式"、小说必"欧·亨利式"的文学闹剧就会重演。

习作者若能此，写出好文章就有可能了。

弄明白了这些，还有一个重要的问题是选择什么样的读物。读名著，当然好。但很多名著由于作者所生活的时代不同，社会环境不同，或阅读者的阅历不够，文化积累不够，不一定读得懂，更不用说借鉴于自己的写作了。

基于此，我们推出了这套《文学新观赏·青少年读写范典丛书》。这些作品，不是名著，但是属于好作品；没写重大题材，但大都真实反映了社会生活的变迁，人们精神面貌的焕然一新；没有高深莫测的技巧，但或平实、或奇巧、或清新可人、或浓郁奔放，更适合青少年读者学习、借鉴。

第一辑 夜雨敲窗

听一只鸟在说什么 /2
一棵老苹果树 /4
听那蝉鸣 /6
观赏劳动 /8
天上万物 /10
挑选的片断 /11
夜雨敲窗 /14
流水往事（十二章） /16
送你一个布娃娃 /37

第二辑 屋顶间的哲学

中年人的日记 /42
我的沧海太阳 /45
旅途·墓园
——一次私人旅行的札记 /54
人在边缘（三章） /62
阅读的气味 /66
在图书馆读书 /68
彻灵街八十四号 /70
路过童年 /72
纸上的父亲 /74
左手，伸给孩子 /75
屋顶间的哲学 /77

第三辑　迷宫怀想

遥想梭罗的小木屋 /82
一扇窗玻璃的两面 /84
灰与绿 /86
失传的生活 /88
疼痛时，我不再诅咒 /90
人是一根能思想的苇草 /92
扛铁锹的人 /94
动物庄园：人类的镜子 /95
迷宫怀想 /97

第四辑　放牧自己的人

生命的重量 /102
放牧自己的人 /104
孔乙己与门德尔 /106
寂寞的文学之狼 /108
索尔仁尼琴的痛苦 /110
灵魂乡关何处 /113
落日中的呐喊 /115

第五辑　万物的疼痛与欢乐

万物的疼痛与欢乐 /120
走出迷惘 /125
游历第八大洲 /127
俄罗斯套娃 /129
北宋梅，南宋菊 /131

严峻时代的女皇和月亮 /134
伍尔芙的阅读时光 /136
帝企鹅的生存承诺 /138
衣柜中的传奇 /140

第六辑 溪山清静且停停

小街 /144
溪山清静且停停 /145
相思鸟解词 /147
破折号横穿两岸光阴 /148
一幅关于赫拉巴尔的拼贴画 /151
打碎时间枷锁 /153
一本书的故事 /155
南宫达的一天 /158
每个儿子都需要父亲 /160
在舞中慢慢蜕变 /163

第一辑 夜雨敲窗

听一只鸟在说什么

"林子里有一只鸟在叫，我从未见过它，但听声就知道它是有着健康体魄和幽默气质的鸟，声音大而脆，有恰到好处的金属味，短促、抑扬的叠音，如同你遇到了多年不见的旧友，不是一句简单的'你好'，而是一连声的你好吗你好吗你真的好吗？一遍遍地告诉你什么叫婉转。它叫的时候，别的鸟就都不叫，它停止以后，别的鸟一阵喊喊喳喳，好像对它悄悄议论一番。"

这是一位散文作家对一只鸟的语言珍重入微的体味。我敢说，生活在喧闹、浮躁、旋转的城市里的人们，已经没有多少人能这样去悉听一只鸟的语言。我忽然意识到，自己已经很久没有听到鸟叫声了。

我坐在家中的地板上，开始有意识地侧耳倾听，一些城市的声音裹挟着难以察觉的灰尘扑进纱窗，灰尘被声音抖落在地板上，声音在屋子里磕磕碰碰、七折八折地才消失，然后又一轮声音再扑进来，分秒不息，直到夜深。难得人类的耳朵是那样的精确，它分辨得出，那是公共汽车的报站声，大卡车的引擎声，建筑工地上的打夯声，装修房间时的钻眼和切割声，摩托车开过去的轰响声……我真的没有听到一声鸟叫。我不甘心地朝楼下的树上看去，恰好一只颜色灰白、身体在鸟类中并不怎么壮实的鸟无声地滑向枝头，但它只停顿了几秒钟，又无声地离去。

这是一只沉默的鸟。它为了什么而沉默？这可是它的天性？

其实，即使不去林中，在任何一个地方，在城市里，听一只鸟叫应

该不是什么难事。冬天有麻雀蹲在电线上,夏天有黑背的燕子在雨要来的时候,呢喃着掠过街道。某天早晨,最后一个梦结束,我一定听到过喜鹊的叫声,尽管它在窗外叫了两声又走开了。我肯定这些鸟的声音每天都在城市中响过,只是,一方面城市的喧嚣淹没了它们美妙但又是微弱的声音,另一方面,我们忙于追赶生活的脚步和心灵,不再为一只鸟停下来。我们听到了鸟叫,却让它像水滑过鸭子的脊背,没有在我们心里留下任何痕迹。我们熟悉了运转于城市中的一套人造语言,却忘记了另一种大自然语言的存在。

人是为了文明生活而建筑了城市,走向城市,可鸟是为了什么留在城市?鸟留在城市是一个错误,它们没有机会凸显自己的声音,没有林中的回响,它们的叫声沙哑、沉闷,那怎么能算婉转的歌唱?那可能是无奈的叹息。麻雀的唧啾是很脆响的,但它们不再像过去那样勤奋,那样使人振奋,因为已没有那么多的同伴回应。有一天,我路过一幢楼房,一楼的一户阳台上挂了一个鸟笼,里面那只色彩鲜艳的鸟很清脆地叫着,但它的性情很慢,叫声的休止符很长,听上去懒懒散散的,像是一个被包养的妇人。我听得出那声音的孤独。

鸟在城市里是孤独的,鸟在城市里处于失语状态。那只沉默的鸟为了什么而沉默?没有语言的鸟的飞翔,令人怅然,也令人沉重。这不是真正的世界。

我开始不放过任何一次听到的鸟叫,微弱的,强劲的,动听的,喑哑的,感觉竟恍如隔世,或者那是另一个世界的声音。这声音跳跃在城市的缝隙里,等待与本真的心灵相遇。也许这些声音并不代表什么,像林中的那些鸣叫一样客观,需要的是我们以什么样的心态去聆听。无疑,这是城市里最美妙的声音,它使这个喧闹不安的世界稍稍平稳了一些,它也为城市的现代化语言添加了一种原始性的艺术品位。多亏了这种声音,我才没有忘记,在城外还有一个真纯的大自然存在。

一棵老苹果树

  城市中的果园不代表休闲，一棵老苹果树一定记得这里是如何被城市卷进的。

  摘苹果的老农说，这棵树是土改时栽的。老农站在结实的树杈上，并不回头看我，说出的话，语气淡漠而从容，一如他每天缓慢而相同的日子。我对着这棵老迈的树发着慨叹时，老人就沉默着，沉默像镜子映照着我的陌生，而在镜子本身，关于这棵树，就像老人家说话的语气，像他的日子，没啥稀奇的。

  但我的目光无法超越这棵树，而去看它前后左右的同类或异类。它正憔悴着，像一个生了十个八个孩子的老妪。它开花的时候，我来过，满树的花，繁茂的花，让我惊叹它的美丽。我不知道它老了。现在，我和它一同站在深秋的中心，我才知道，谁更老，谁更年轻。

  是一棵无辜的树木叫我明白，缓缓而来的衰老命运，不只纠缠在盆口粗的低矮的主干上和痛苦地扭曲的枝干上，不只附着在粗糙发黑、疤结横陈的树皮上，更包裹在那牛眼睛般大小的果实上，而且果实上也没有忘记布置疤痕和烂点。而老农对此的解释是，旱了大半年，果子没长大，秋季雨水又多，就烂了。我认得出，这些果实是小国光，已经没有人会要，果品公司也许会用它来做果酱，但老人不敢肯定，今年是否有收购的。

  这就是小国光的命运。现在是红富士时代。

  这棵老苹果树对自己的命运沉默着。

  它的主人替它说出它命运的曲线：五十多年前，某一个春天，已经被岁月遗忘的那个最初的主人栽下了它。过了一些年，它的根已经扎得很深了，但它无法把自己与主人紧紧联在一起，永不分开，从某一天开始，它不再属于主人，它属于一个集体。又过了很多年，它风韵犹存，

某个春天它一觉醒来，发现走近它的不再是一群人，又是一个单独的主人了。这主人对它不赖，比那一群人对它的呵护要精心多了。因为这主人，它成了果园里最长寿的一棵树，因此它得以见证了果园边的那些草房是怎样变成了砖瓦房，砖瓦房又怎样变成了楼房。

它也算是幸运的了，但也是孤独的。五十多年前的那批兄弟，都被失望的主人砍掉了，被桃树、梨树和红富士取代。只有它被主人留下，日益老迈，在一个崭新的世界里，它身上陈旧的疤口黑黑的，透过自己的叶片望向天空。

它已是这果园中一个独立的风景。

老农说，如果管理好了，它还可以再活几十年。

我相信他会做出挽留它的全部努力。他比另一些主人可敬的是，他愿意留住一个生命。他从树上下来，我发现他的年龄与这棵树差不多，他脸上的沧桑甚至胜过树皮上的沧桑。他的两个篮子都满了，他挑起那些被时代冷落的果实，向果园的外边走去，仿佛我已不存在。过几天，他还要给这棵树追肥，他要把树身上那些腐烂的黑皮刮掉，以防整棵树烂掉。他有他的劳动惯性，那就是把这老妇人当作一个小女孩来呵护。

我看着那个晃悠悠的背影想，他和这棵老苹果树，谁将活得更长久？

那个晃动的背影拐过十棵八棵树就不见了。留下的我看着果园的荒芜，看着老树在深秋的疲惫。它是季节最引人注目的符号，当我以年为计量单位衡量我的生命时，它也开始进入下一个季节。再下一个季节，它又将花如繁星，向着隔壁的秋天传递信息了。望着树体的沧桑，我想起一位美国老妪对医生说的一句话：

我剩下的是我的未来。

听那蝉鸣

从我来到威海这个有着漫长夏天的小城,每年夏天开始的时候,我都会在日记上记下第一次听到的蝉鸣。但是今年夏天,当我警醒地听到蝉的声音时已经很晚了,我知道我意识中的这些蝉声绝不是蝉们在这个夏季的第一次开口,因为这声音已经不是胆怯孤独的试探,不是寂寞小团体的不和谐的初次演练,而早已是成熟的大规模的演出,是火暴的摇滚乐队了。

我怎么变得如此麻木和心不在焉了呢?仔细想想,今年入夏以来我太忙了,我走出枯燥无聊的机关办公室进入报社,成为一个报人,变得非凡的忙碌。我每天像一个初出茅庐的猎犬,用还不太灵敏的嗅觉,到处找稿子,然后坐在我办公桌前的那把缺了靠背的椅子上,绞尽脑汁地想题目,补病句,改错字,弄得头晕目眩,腰酸背痛。没过多久,我颈椎部位的疼痛加大了面积,加深了程度,我的久违的神经衰弱病又故地重游了。我每次走进家门,脸都要被汗水洗过一遍,因为我骑单车上下班,要经过一段漫长而陡峻的坡路,脑力和体力的双重付出,使我最强烈的感觉是喘息的艰难,真想背上一个氧气袋。

这一个星期天,我终于没有把工作带回家来,但也是忙完了家务才终于喘过一口气。我想我该躺下来好好睡上一觉,把紧绷的弦松一松,可是我躺在床上朦朦胧胧睡着时,比醒着还清醒,这时我清晰地听到了一树一树的蝉叫声,带着金属的质地,像附近建筑工地上的电锯声阵阵袭来,渲染得周围的空气分外燥热。我忽然意识到,这一浪一浪聒噪的蝉鸣原来比汗水更能揭示夏天的本质,更让人体味夏天的意韵。我更加难以入睡了,因为我从这蝉鸣中听出了时间的脚步声,天已经这样热了,我早已被时间匆匆的步履裹挟着来到夏天了,在我的忙忙碌碌中,时光流逝的速度加快了。

　　我知道，夏天漫长也很快会过去，然后就是秋天冬天和春天，我不再是原来的我，我的时间会越来越少，我的众多的愿望越来越受到时间的挤压，变得干枯萎缩，或者像笼中的困兽在越来越狭小的空间徘徊。我不禁望着自己未来的岁月而心急如焚。本来我一直也没弄懂蝉这种生物为什么要没完没了不知疲倦地叫，现在我想（当然不是从生物学的角度），我是否可把这看做是蝉对自己生命争分夺秒的歌唱？因为我听说，蝉的幼虫要在地下、在黑暗中生活4年，才能上树蜕壳开始它作为蝉的一生，而它在树上的生命周期只有5个星期！我发现，越是响晴的天，蝉鸣越是嘹亮，那是它们对蓝天对生命的呼应吗？

　　生命总的来说是短的，可是有那么多生存的方式，而每一种生存方式无不是在竭尽全力维护着生命的权利，这是物种的本能，却是这样的令人心酸而感动。我静下心来倾听着那些来自短暂生命本体的抗争，似乎有了迎接新一轮忙碌的信心。这时响起了门铃声，我打开门，两个柔弱的年轻姑娘一脸细汗站在那里，用期待的目光盯着我："要晚报吗？今天刚出版的，周末报，很好看的。"她们把那份我万分熟悉的晚报递过来，我抱歉地笑笑："对不起，我就是晚报周末部的。"两个姑娘脸上的表情瞬间由惊讶向失望急剧变化着，我在她们年轻的脸上看到了一种生存的焦虑。

　　我关上门走到窗前，发现天空特别蓝，令人悸动地蓝。这使我内心掠过一丝对生命的悲悯意识，我后悔没有从两个女孩手里买下一份晚报，好像她们辛苦的背影有我一份责任。我想起地下那些幼年中的蝉和它们树上5个星期的生命，我在体味生存的艰难时，也感到了我们作为一个人的幸运。

　　外面，树上那些我看不见的蝉又送来新一轮充满活力的歌唱……

观赏劳动

我写作。但事实上，我是一个工人，一个以另一种方式劳动的体力劳动者。一间小小的书房就是我的车间。书房所以是车间，是因为电脑主机的轰鸣和我的手在键盘上敲出的声响，这声音完全遮蔽了那些书，那写字台上的杂志、笔记本、笔筒和砚台，那两盆绿色植物，那盏漂亮台灯所组成的静谧。这声音，充满整个小屋，散发着工业化的气味儿。

在春季，有一天，在这持续的轰鸣和断断续续的敲打声中，一阵原始亲切的声音汇合进来，嚓，嚓，它来自窗下，那一小片没有被柏油或水泥覆盖的空地，那是粗粝的泥土与金属的锹镐摩擦出的声音。我停下自己的劳动，走到窗前，打开百页窗帘，于是，我看到了另一场劳动。那是楼下住户刚刚从乡下来的父亲在垦地。

瞬间，我有一点点失落感，因为，那曾经是我和家人的地。很长一段时间里，那上面除了两棵不大不小的松树，就是一些乱草。后来，我们搬来了。我和家人心血来潮，以为我们可以制造一个城市中的微型田园，就挥舞起家里唯一一件工具——铁锹，挖起了一半，作为我们的种植园。其实，这是一片很贫瘠的土地。第一年，我们栽种了西红柿，果实倒是结了很多，就是长不大，也没几个是红的，后来在季节结束的时候，我用童年时代从母亲那里学来的办法让它们红了，是把西红柿全部摘下来，放在棉被里捂红的。第二年，我们栽种的是红薯，结果只收获了一塑料袋，有一半是大的圆的，像土豆，有一半是短的细的，像手指，我们留了一个"手指"作纪念，至今还在书架上放着。我想，这地不属于我们，或者我们不属于这地。以后，我们的土地上又长满了荒草，在热闹的城市中心，它却是寂寞的。

这个春天开始，那一片空地渐渐地热闹起来了。经常地，我听见窗下传来锹镐与土中的小石块的摩擦声，就停下敲打键盘的手，走到窗

前,伏在窗台上看着那块地和那上面正在劳作的人。那老农的脸是古铜色的,留下被阳光雕刻的痕迹,而他在雕刻着脚下的土地。他不慌不忙,动作缓慢从容,表情平静,仿佛他不是在劳动,不是在赶任务,只是在休闲。有时,他蹲在地上,吸一支烟,用安详的目光看着他的土地,而我在楼上的窗口看着他,看着一道美丽的风景。

我看着那风景的变化,那块园地,被老人耙细,变得细腻而平整,它被分割成若干小区,精心备起的窄小的田垄笔直,刨出的埯儿看起来有着精确的等距离。然后,他撒上种子和肥料,浇上水,埋好种子。整个园地干净整齐,令人赏心悦目。要不了多久,那上面就长出了玉米、菠菜、油菜、花生,一片生机,真是养眼。现在,已是冬季了,这片生机仍然铺展在那里,那是老人种的冬菠菜。

在冬天,我将听不到老人劳动的声音,但我也要时常有意地站在窗前,看一会老人的杰作。春天以来,观赏他的劳动和杰作已经成为我每天的功课。我看到缓慢和从容所产生的美,感受到老人没有世俗功利,没有浮躁所给人的安详。看着他从容不迫的动作,他平静的面容,头一次,我看到了劳动的光芒和美丽,劳动也有它令人欣赏的价值。

劳动是我们人类最原始、最功利的一件事情,历史说劳动创造了人、创造了财富。但作为一个在劳动者家庭中长大的人,过去我从未觉出劳动的美,甚至厌恶劳动,劳动在某些时候给劳动者带来的是自卑和沉重,尽管我们曾有过一个推崇劳动、弘扬劳动的时代。今天,这种自卑和沉重在时代背景的衬托下,更为凸显,因为劳动的价值在贬值,卑微的劳动力因低廉的工资承受着生活的重压。一些人不劳而获,一些人的劳动付出与收获不成正比,人们看不到劳动的希望。还有,科技的发展使机器正在逐步取代劳动者。也许因此,原始意义上的劳动开始显现它沉静的美。

因而,我经常伫立窗前,像看歌星、影星的表演那样,看楼下那个老农的劳动表演。一个耳畔响着机器轰鸣的劳动者,在欣赏着另一个闻着泥土和作物气息的劳动者。我知道,我们不可能互换位置,有机会他看到我的电脑,我的劳动,会以他一贯的沉静默然处之,但我却无法对他的劳动无动于衷,土地和土地上的人在劳动中留下的痕迹,令人亲切踏实,毕竟那是人类出发的地方。

天上万物

住在偏远地带,乘公交车出行殊为不便,而每次半个小时或一个小时的车程,也委实无聊。于是,有人闲谈,有人在自己的手机上读电子书,而我想老派地看会书或读读报,哪怕接发几分钟的短信,也会引发乘晕症的蠢蠢涌动。我只好扭头去看车外风景的更移闪退,看世间滚滚红尘匆匆掠过。

有天,我偶一抬头,惊见天上一排规模盛大的云,拖曳了很远,形状却像人类或猪马牛羊类的肋骨,骨节清晰,排序整齐,我一时不知这算不算风景,但我还是目光恋恋看了很久。小时候看云,想象仅限于自己熟知的动物,说那是一匹马,那是一条狗,那是什么什么,现在知道,人的想象实在也跟阅历见识有关,也跟才气有关,李白吹捧杨贵妃的"云想衣裳花想容",实在是曼妙,我的比喻只能是老实笨拙的,简单的,比较深刻的印象是,一次看见浓厚的白云层层堆积起一座伟岸叠架的冰山;又一次,见白云扁平地浓积,玉带横陈,成为一条冰雪河岸。至于乌云红云,倒没有什么印象了,乌云翻滚的时候,形象是丑陋的,心下压抑,不忍多看;红云呢,无论是朝霞还是晚霞,都过于短暂。

"秋云轻比絮"是寻常态,那些不寻常的云影才被我们注意,那可能是一座楼房,一段桥梁,一片乱石,或任何一种动物。那是什么并不重要,重要的是,我们看到了,又如何来看。俗说"七月八月看巧

云",我总觉得"巧云"一词说得轻飘了些,但又无法给出更好的命名。我理解,这巧,是指云的善变吧。它可以刚才还是马,瞬间为牛,刚才还是山,一忽儿成了房子,更为诡异的是,山云也可能流散为牛,为马,而牛马也可转世为山,进行物体与生命体的互转。都说"坐看闲云",你看闲云何曾有闲,把一切前世今生的流变演示给我们看。让我们看得清,什么是瞬间、刹那,什么是无常。那这个"闲"字,实在是指人的闲心。而这闲心,也不是无事可干的闲心,是看破流转、阅透人情、无物无我的从容淡定。

由于我们对云进行想象的依据是地上的物象,所以地上有的,天上都有了,天地互照互映。古诗写云"纷纷霭霭遍江湖",是表层的映照,而风云变幻实是云对大地的模摹,是对世界和生活真相的描摹。如果我们看不清地上的事情,不妨抬头看看天上的事情。可是,我们有多少闲时和闲情,抬一下忙碌的头颅?现代人多的是东张西望,因为要东奔西忙,因为有太多的选择,太多的欲望,也因为贪心太重,要低头寻找。一味低头忙碌很辛苦。像谷穗一样低头,需要能量的积蓄和品德的修持,而忏悔式的低头,需要善根和勇气。抬头很容易。只要你勇于正视生活的本来面目。

于是,每次坐公交车的时候,我便有事可干了。由于视角的原因,人间万物我无法遍阅,天上万物可以一览无余。

挑选的片断

这是一个普及的时代。说人人都是司机,说人人都是作家,人们就明白,是小汽车普及了,电脑和网络普及了。而我要说的是,数码相机

普及了，如今人人都是摄影师。我们在享受着方便——随时随地想照就照，喜欢就要，不喜欢就删掉。同时，我们也开始不把自己的"玉照"当回事了，我们往往不在相册里，而是在电脑里，自己的，或者别人的。不知道什么时候会洗出来，不知什么时候才会再看一眼。也许，哪一次修电脑的时候，又不小心丢失了。

所以，老照片越发的珍贵。因为少，因为来之不易。

我的老照片实在少之又少，十二岁之前，我只出现在两张"全家福"里。十二岁那年，一天父亲去县城办事，我死缠着要跟去，要去看看外面的世界，要去照一张相。这才有了今生第一张独立的照片。可是，一个胆小的乡下小妞，面对一架老式照相机的时候该有多紧张！那个瘦弱的摄影师也不逗我笑，照片上那一天那一瞬的我，嘟着小嘴，小脸紧绷着，没有天真，没有浪漫，活像一只小耗子。但我经常趴在相框上看那张照片，自我欣赏。

又过了两年，我才有第四次照相的机会。又是合影。照片上是四个女孩，全部戴着红领巾。她们凑在一起的原因是，她们的名字最后一个字相同，她们是全校的名人，班级里每一次评优，都少不了其中任何一人。那个春天，县城照相馆的摄影师下乡来了，其中一个女孩提议四个人凑钱去合一张影。于是，那天晚上，月黑风高，我壮起胆子，如约前去她家找她，她妈妈不让她出来，她让我先在外面等着，等她吃完饭偷偷溜了出来，我们又一起去找另外两个女孩儿，四个人来到照相地点。这一次，我的胆子大点了，照片上的我们都笑着，我露着两个大板牙，旁边的牙还没有长齐。为我们拍照的还是那个瘦弱的摄影师，用的还是一架蒙着黑布的老式照相机，他当然不记得两年前的事了，但我从此记住了他。可我怎么能知道后来的悲剧呢？

下次再照相，要一直等到初中毕业。不过从此以后，照相的机会逐渐多了，因为我家搬去了县城，因为日子越来越好了。这时候，摄影发生了革命，黑白片被淘汰，人们用彩照记录多彩的生活。可是，要随心所欲也是不可能的，因为洗一张彩色照片很贵，而且，在我们那个小镇，一段时期内，还没有一台彩色洗印机，那个瘦弱的摄影师每照一批胶卷，都要坐整整一下午的火车，到地区市去冲洗。

等我在县城工作了几年后，就跟那个瘦弱的摄影师熟了，大家都叫他老王。那时候，他已经把120相机换成135的，装备复杂了。那时候，人心开始浮躁，画画儿的去画广告牌，写小说的去写报告文学，弹电子琴的陪老婆开发廊去了，而老王带了一个女徒弟，背着鼓鼓的帆布包到处拍照，不理会人们那些带着邪思的议论。在人们的口头传说中，老王是个摄影狂，光与影的魅力令他痴醉。有关他刻苦摄影的故事也在小镇的文化人中流传，比如他在自家菜园里把一个小黄瓜塞进锈迹斑驳的铁丝环，等那黄瓜蜷缩着痛苦地长大了再拍下来；比如他用了两个春天，两次步行十几里路，爬上一座小山，俯拍一条残雪消融的河流。但是人们谈论老王的时候用的是鄙夷的口气，意思是老王是一个笨人，他只把月工资的一半交给老婆，另一半都买了胶卷，拍出的照片，一沓子里面才有一两张不错的，取景总脱不了匠气，大家说他糟蹋胶卷。不过，有一次，他为我在办公室里拍的一张照片还是不错的，他说有一个杂志要做封面的，不知为何最后没用。他说，可能是你长得还不够美。我想是这样吧。

悲剧发生在一个夏天里，老王为一所学校拍了一批毕业照，专程去地区市冲洗。回来的火车是清晨发车，天刚亮他背着大包往火车站赶，一个歹徒袭击了他，人们发现他的时候，包没有了，头是塌陷的，手指断了。才四十多岁的老王死了。人们知道，为了保护孩子们的毕业照，他搏斗过。小镇的文化人从惊愕中醒来，头一次真切地感到，生命太脆弱，太不可知，文化人生和死的意义是什么呢？一向遥远的老王突然走进人们的心灵，成为大家的朋友，人们认认真真为老王张罗了一个追悼会，沉痛的哀乐在那炎热的一天，像沉重的车轮，在每个人的心上缓缓碾过。

日子却是那样漫不经心地流逝了。一切奇怪地远去。拍照的行为，是人们想留住一切，因为人们容易忘记。可是，如今再看老王为我拍的第一张照片，那个十二岁的小学生，我犯迷糊，这个丑小鸭是我吗？我看那张差点儿做了封面的照片，我怀疑，这是我吗？我也有过漂亮吗？

而我们的四人照也发黄了,另外三个女生不知在哪里。

时光的确很奇怪呀,而我在恍惚中继续生活、读书。如果我姓王,也早已被称为老王了。前几年看布鲁斯·F·卡温的《解读电影》,记住了一句话:"世界是个整体,但是拍摄出来的世界往往是一系列挑选的片断。"可不是吗?照片又如何不是如此!而数码时代,挑选的事更方便。按照时间顺序看自己的照片,我发现,人生也是一个整体,由一系列的片断构成,但必须明白的是,实际生活的时候却不容我们挑选,一如老王不能挑选活着或死亡,一如我们,不能挑选富有和贫穷,悲伤和快乐。

我们只能挑选坦然面对。

听那些摄影发烧友说,人有了一个不错的相机,就有了一个无底洞,会不断添加附加设备,以拍出更好的照片。我终于理解老王了,也不断地像更换镜头一样,用不同的目光打量世界。佛经上说,宇宙是一个幻相,据说现代的科学家也部分地证明了这一点,那么照片就是幻相的幻相了,人们为什么要拼命地把幻相的片断留住呢?因为人们认为那是真实的。但愿我们的眼睛真的知道,什么才是真实的,这一定有助于我们对生活的挑选。

夜雨敲窗

雨是和夜幕一起降下的。那时候我已经拉上了窗帘,所以我只是听到雨的翅膀像飞蛾一样拍打着我们的窗口。我问我身边亲爱的人:这是深秋的雨还是初冬的雨?他说,当然是初冬的雨,不是早就立冬了吗?

可是树叶还在啊,今年的冬天就是这样不慌不忙,雨也是不急不躁

地打在窗玻璃上,听不出多少寒意。许是心境不同了,我无论如何也不能深切回味出夜雨独听的滋味了,这总归是一件值得庆幸的事吧。我知道在这样的雨夜里,没有电热毯的李清照总要被自己的诗句触动:"冷雨敲窗被未温。"容易伤感的秦观肯定也睡得不安宁:"无边丝雨细如愁"。即便是豪放的苏轼,不经意的一句"萧萧暮雨子规啼",仔细品味,似乎也带了点凄凉。雨就是这样传递出的总是阴湿的情绪。

我固执地以为,这不只是词人的敏感。千万年的雨飘落在今天,多少也勾出某些现代人与古人的共鸣,表达出人的某种心境。而每个人的心境不同,对雨的感受一定不同。我相信自己早已走出了那片潮湿的情感,在雨声中也能保持一份干爽的心情,所以雨夜里我平静如湖,潜心读书。我读的是罗素,他老人家总是那样乐观,没有一丝词人的伤感。我也读博尔赫斯,他的理性与精练,更是与伤感烦恼不搭边,可他有时也让人费解,"谁听见雨落下,谁就回想起/那个时候,幸福的命运向他呈现了/一朵叫做玫瑰的花/和它奇妙的,鲜红的色彩"。我想这可能是一段雨天的爱情引发的灵感,只有更年轻的人去体味了。我倒是从罗素的快乐哲学中获得了一点启迪,他说:"无论我们怎样思想,我们总是大地之子。我们的生命是大地生命的一部分,我们从大地上汲取养料,与动植物并无二致。"他的意思并不仅仅于此,他是要进一步让人们明白,人类要走出孤独、痛苦、伤感、烦恼等情绪获得快乐,就必须与天地万物沟通,脱离了自然万物,生活就变得灼热、污秽、枯燥,犹如沙漠中的跋涉。我想起了窗外的雨。

有好一会儿,我听不见雨声了,不是它消失了,而是我消失在书里了。在心底,我其实更认同叔本华,人的没完没了的需求和欲望,决定了痛苦和缺陷是人生的本质,是很难超越的。可是在这雨夜里,我还是希望自己是罗素的邻居,我会打着雨伞去倾听他尽管有些啰唆但很乐观的教诲。雨夜太容易使人陷入叔本华的悲观情绪,难以自拔,灰心绝望,而罗素能教人在任何时候进行自我宽慰,至少,在这一个雨夜,他让我想到和雨的沟通。

我又听见了雨声。可我的经历怎么也幻化不出博尔赫斯的玫瑰花的鲜红色彩，也许他的哲学家的头脑、文学家的翅膀和史学家的博识，决定了他的深不可测。不过他关于时间、关于永恒、关于生和死的诸多妙论着实让我痴迷，因而我对雨声有了与前些年截然不同的感受。扑扑扑，沙沙沙，我仿佛听到了宇宙的应答，听到了永恒时间的脚步，真切而又神秘。这声音终使我理解了天地万物的一致性，人类并不是孤立的群体，分散在钢筋水泥、砖瓦土木中的个人也不是孤单的。假使我身边没有一个亲人，正独坐灯下，也不应该感到孤独，不是还有雨的倾诉吗？雨零零落落敲打着窗子，也轻拍着我安静的睡眠。

流水往事（十二章）

一、背孩子

我是家中的第一个孩子。生于六十年代，这意味着什么？意味着过早地负重。我得一个接一个地背一个挨一个出生的弟弟妹妹。当然，在此之前，我也是被人背过的。

那时候，爷爷奶奶早已去世，15岁的三叔被我父母从山东老家接来东北。三叔在下煤窑之前，每天的事情就是背着我到外面去玩。在我刚学说话的时候，我们玩累了，三叔就说："走，回家找你妈去。"我也说："走，回家找你妈去。"三叔说："是你妈。"我说："是你妈。"三叔想了想又说："俺妈。"我这才学会说："走，回家找俺妈。"真够笨的。

后来，三叔拎上矿灯、扛着尖镐下煤窑去了，我开始背弟弟妹妹。

大概从五六岁时开始，每天，母亲去煤矿装煤车或者到野地里挖猪菜时，就把更小的孩子用背带绑在我的背上，背上的弟弟或妹妹压得我喘不过气来。可能因此，长大后的我又瘦又小。为此，我不止一次地向母亲抱怨。母亲笑笑，不说话。

母亲活着的时候告诉我，有一次，我背着大弟出去玩，走在一段坡路上，被一根木棒绊倒了，结果我和背上的大弟一起滚出去好远，怎么也站不起来。村里的大人看见了，赶快把我扶了起来，我又背着弟弟继续走。

这件事我不记得了，不过在我背孩子的历史中，印象最深的还真就是背我这个大弟。他只比我小两岁，长得胖胖的，趴在我瘦小的后背上，像一块沉重的大石头，我总是勾着脖子，努力地向前躬着身体，不然我就会仰倒下去。

三十年后，这样一幅画面依然清晰地印在我的记忆中：深秋的季节，太阳刚刚升起，我背着大弟站在我家的院子里，篱笆的影子斜印在地上，地上的一些小草棍上挂着霜花。为了不使自己仰倒下去，我不能抬头看天，我盯着地面，努力地勾着身体……

二、关于吃

1. 没有记忆的心疼

大弟出生后，因为母亲没有奶水，就给他喂精筛过的玉米面糊。有时，母亲还要托人到大一点的外村去买一斤饼干，直到这时，我们住的那个小煤村连个供销社都没有。

一斤饼干弟弟正好吃七天，还是在我一块也不能动的情况下，否则他就不够吃了。所以，我经常只能是眼巴巴地看着他吃，自己吞口水。有时候，他吃得不舒服，吃下去的饼干又吐了出来，我就跪在一边，盯着弟弟的呕吐物，心疼地问母亲："妈，这些怎么办？"我以为那滩东西还能吃呢。

当然，这是母亲告诉我的，我自己的记忆里没有这一幕，但我相信，它确实发生过。

2. 等我当妈时，天天做好吃的

父母刚到东北时，连玉米面都吃不上。能吃上玉米面的都是坐地户。母亲抱着我跟他们聊天时，他们有人给了我一块玉米饼，我吃得好香。后来，我们家也能天天吃玉米面了，这可能也是一种幸福，但是，当饭桌上一年365天除了春节那几天都是玉米饼子时，对于孩子是难以忍受的。

有一次，那是夏季里的一天，太阳落山了，炊烟升起，我们几个孩子站在邻居家的门口，看年轻的女主人往滋滋响着的铁锅里贴玉米饼子。那几个孩子总是挤来挤去，我因为背着弟弟，挤不过他们，就生气地回家了。我勾着细长的脖子，蹒跚地走进家门，看见母亲也正往滋滋响的锅里贴玉米饼子，就说："妈呀，你怎么老做这破饭？等我当妈的时候，我天天做好吃的。"

所幸的是，在我还没到当妈的年龄时，中国人饭桌上的内容就换了，我真的可以天天做好吃的了。

但是，现在的我不知道什么是好吃的。很多时候，我这个家庭主妇茫然地站在菜市场上，不知该买什么。

3. 神秘的箱子

在我们成长的年代里，很多人家都有一个带锁的箱子。钥匙由母亲们掌管着。这使那箱子充满了神秘的意味，特别令孩子们惦记。

其实里面也没有什么神秘的东西，不过是一些贫穷的日子里不常见的东西，比如点心、糖果之类的，而且是由于一些特别的缘由才出现的，或是主人买下来为过年的，或是上门的亲戚朋友带来的，因为不多，不常有，所以显得特别珍贵，要用在最关键的时候和最需要的地方。

我家的箱子里还有一点山东老家亲人寄来的干海货。我特别喜欢吃

这种东西，总是在母亲忘记锁箱子时，偷一点揣在兜里，躲到外面去吃。当然，箱子忘记锁的时候很少，我们经常是把箱盖掀开一条缝，把小手伸进去在里面划拉，有时空空地抽回来，有时拿到了东西，却卡在缝隙处，只好松开手。

所以，如何打开那个箱子，成了孩子们最挖空心思的一件事。撬开是没有胆量的，也没有那个本事，只有先偷到钥匙。一个因偷吃东西而经常挨打的女友说，那时她每天总是盯着母亲的衣袋，有一天她终于找到了机会，母亲把钥匙忘记在桌上，她抓起来直奔放着箱子的房间而去，插上门，慌慌张张地打开了箱子，拿起点心就狼吞虎咽起来。母亲发现了，叫开了门，她吓得蹲在墙角，用小手直抹嘴，企图擦净沾在嘴角上的证据。母亲看她那可怜的样子，叹了口气，头一次没有因为她偷吃而打她。

也有开明的人家不在箱子上上锁，结果必然在过年的时候抓瞎。一个同学的母亲到上海出差，买回一斤大白兔奶糖，给每个孩子分了一块后，其余的就放进箱子里留着过年。可是到过年的时候，那斤奶糖的纸包还鼓鼓的，糖却只剩下了几块。家里开始大"清查"，我这位同学老老实实地承认是他偷的，结果他结结实实地挨了一顿打。但他心里纳闷，自己都是隔好久才去拿一块，不会少这么多呀？很多年后，他和弟弟凑在一起喝酒回忆童年往事的时候，又提起这件事，弟弟说："那糖我也拿了。"

很多人都是这样，对那个年代的记忆，是挨打的记忆。我问过了，大家并没有恨父母，也不恨箱子。父母是生命的源头，箱子是童年生活中的希望。

4. 我们的小吃

夏天的时候，我们可以到自家的菜园里摘黄瓜和西红柿，也不知道洗洗，用手一搓就往嘴里送。实在没什么吃的，就拔一根大葱或割一把韭菜醮上自家酿的大酱吃。有时候，也能吃上香瓜和西瓜。大概是我五六岁的时候，家里吃过一次西瓜。西瓜吃完了，皮堆在盆里还没有扔掉。等肚子饿了没什么可吃的，我就把西瓜皮捡起来，又啃上了，还跑到邻居的窗口去啃。邻居家的男孩闹着向他的母亲要我手里的西瓜皮，她母亲就来和我商量，掰了一块给他，他才不闹了。

秋天的时候，会有沙果吃，不过我们家没有沙果树，都是同学带到学校里给我吃的。有个同学每天上学都来找我一起走，她给我带过樱桃，还带过地瓜干，甚至连午饭的锅巴也带给我一块。可惜的是，带东西给我吃的同学都学习不好，不是没有考上初中的，就是没有考上高中的，她们陆续从我的生活中消失了，现在，我不知道她们在哪里。

我们家的前院有一棵葡萄树，后院有一棵樱桃树。不同的树，却有一个共同的特点，那就是谁也看不到它们果实的成熟。葡萄没有紫过，还是青豆时，就被我们摘下吃光了。樱桃倒是见过红的，不过那是几个幸存在树尖上的，实在够不到了。所以，很多年来，我对那棵樱桃树的尖顶印象最为深刻，几粒紫红色的樱桃，像灯笼，照亮我们的家园。

冬天到了，还有什么可吃的？我们有办法，不过要等大人不在家的时候。大人一出家门，我们立刻动手，烧火的烧火，刷锅的刷锅，锅烧干了，就把玉米粒或黄豆粒倒进锅里炒。因为害怕母亲回来撞见骂我们，整个过程都是慌慌张张的。东西炒好了，盛进葫芦瓢里，我们就跳上炕，匆忙分"赃"，装进各自的塑料袋里。但是，豆子太热了，一拎塑料袋，哗地漏掉了，滚得满炕都是。真是越急越出乱子。

经常地，我们用扫地的笤帚，把炉盖子上的灰尘扫一扫，把切好的土豆片摆在上面，过一会儿，再翻个面。烙好了，每人分几块吃。

当然，土豆最好吃的方式是，在半是炭火半是灰烬的灶坑里埋上一段时间，再掏出来吃，特别香。不过，我从来不知道土豆烧熟的确切时间。

5. 县城里的面包和冰棍

我第一次去县城是在小学三年级的时候，那时我家已搬到公社驻地。父亲经常去县城办事，有公共汽车，早晨去，晚上回来，半个小时就到。我一直想跟去看看县城是什么样子，这一天，父母终于满足了我这个愿望。

县城里有楼房，车多，人多，到处都是新鲜景色。最新鲜的是，城边有个很高的大烟囱，父亲说那里是炼人炉。早就知道炼钢炼铁，这回又知道，县城里的人死了，都要被炼一下。

这次进城还留了一个纪念，父亲带我去照相馆站在布景前照了一张相。现在这张照片还在，我在上面撅着嘴，小鼻子小眼的，活像个小耗子。

在饭馆吃午饭时，我想吃面包，父亲排了半天队，没买到，他买了两碗面条。我这个穷人家的孩子，却不愿吃面条，现在想起来，自己也奇怪。于是，父亲和别人商量，用一碗面条换了一个面包，当然还找了差价。那个面包，真是世界上最细腻、最香甜的东西，至今我还能想起那种感觉。但现在，我吃面包时怎么也吃不出那种味道了，我怀疑那个面包和现在的面包是不同的。

父亲留给我的温馨的记忆有那么两三次，这算一次。

我第二次去县城，是和同学结伴去看全县中小学生运动会。走前，母亲给我准备了一个铝饭盒，里面是我的午饭。还准备了一块塑料布，干什么用的呢？是让我回来时买10根冰棍放在饭盒里，外面包上塑料布，据说，这样冰棍就不会化掉。

下午，我们几个同学在车站候车室等车。我们没有手表，不知道几点了。我害怕车开了，冰棍却没买上，就先把冰棍买好了，包好坐在长条木椅上等待。等了好长时间，还没有检票，我便把塑料布和饭盒打开，看看里面的冰棍怎么样了。我吓了一跳，我看见半饭盒寡淡的奶水上面漂着10根小木棍。怎么办呀？路上车晃，不就全洒出来了吗？我想了想，把那些小木棍捞出来，把半饭盒的奶水全喝了。

一路上，我心里惴惴不安。一根冰棍5分钱，10根是5毛钱，而我把它们全喝光了，就是有钱的同学，也没有一次吃10根冰棍呀！我害怕回家挨骂。奇怪的是，母亲并没有责备我。那我心里也不好受，我一个人喝掉10根冰棍，家里人却一根也没吃上。

其实那冰棍咬一口都是冰碴。

三、大房子

　　这是下煤窑的光棍住的地方。三叔长大后也住到里面去了。

　　大房子的前面是一片很大的空地，我们叫它大院。在我四五岁的时候，我经常一个人到那大院去玩。有一次天黑了，我还蹲在那里玩，食堂的大师傅没看到我，一盆水哗地泼湿了我的鞋。

　　在白天，经常有叔叔从大房子里出来去上工，或者是下了工的叔叔回大房子里去。他们一看见我，就笑着叫着我的小名，双手捧住我的小脑袋向上一提，说是拔了一个萝卜。有时把我的脖筋都抻疼了，我也不敢吭声。还有的叔叔会在我的脸蛋上亲一口。他走后，我用小手使劲地擦他留下的口水。我嫌他脏。

　　我第一次进到大房子的里面，是一个冬天的晚上。父母都去大房子开会了。我把家里装衣服的纸箱打开，把夏天穿的红格子衣服掏出来，穿在棉袄里面，让领子露出来，然后我和大弟也去了大房子。那里面有两排大炕，炕上坐满了人。在那些人里，除了父母，唯一给我留下印象的是村里唯一的小学女教师王老师，她的丈夫是外面的军人，我们从来没见过他。她个子高，皮肤白，眼睛也大，声音也好听，那天晚上，她领着两面炕上的人喊了许多当时流行的口号。我8虚岁的时候，她到我家动员我母亲让我去上学。母亲说，让我在家再看一年孩子再说。第二年，她成了我今生的第一位老师。

　　常年住在大房子里的人，最引人注目的是两个上了年纪的人，一个是老光棍老安头，别人都上工去了，他一个人躺在大炕上，大家把最热的炕头让给他，后来他就死在那上面。另一个是王爷爷，他在山东老家有老婆，但听大人说，他和老婆不和，多少年都不回家。王爷爷的工作是看管电磨坊，母亲经常央求他费点事，给箩一些细玉米面喂孩子。我也是经常站在磨坊门口，看着他在黑暗的深处忙碌着。所以，过年的时候，母亲打发我和弟弟去给他拜年。胆小不爱说话的我，试了好几次也没说出口。回到家，母亲问起，我和弟弟就说：

"王爷爷没穿新衣服。"

后来，我的二叔也被我父母接到东北来了，也住在那个大房子里。他有严重的哮喘病，很多年里都讨不上老婆。他有时到我家吃顿饭，然后玩一会儿。他经常把我小妹妹装进麻袋里，说要送给老高丽换大米，直到小妹妹大哭起来。有一年年三十，母亲让我去大房子找他来家吃饭，他生气地坐在炕沿上，不跟我走。好像他正在跟我父母怄气，旁边的人劝他也不听。我当时穿着新衣服，靠在墙边站着等他，墙上的灰尘沾在了新衣服上，劝二叔的那个人就拿毛巾给我抽打，打疼了我的眼睛。我一直不知道，二叔那次为什么不去我家过年。再后来，人们给他张罗娶了一个刚离婚还怀着孕的女人，三天回门的时候，二婶生了双胞胎女儿，二叔乐得像自己生的。以后，他又有了两个自己的孩子，但他们过得不好，经常打架。熬了一些年，在母亲去世一年后，二叔也去世了。可他们都还年轻。

我二十岁的时候，回过一次从前住的小煤村。我发现，那个大院并不大，大房子也不大，整个村子都是那样小。

四、挨打的历史

我挨打的次数都数不清了，不过，一次都不是因为我犯了什么错误。弟弟、妹妹的错也算在我头上。

不知为什么，总是夏天的记忆要多一些。

一次，母亲生病了，一个人躺在炕上。我和弟弟妹妹们在院子里玩，我不知为什么，跑回屋里，在炕上翻来翻去，一定要找到一件自己的衣服。衣服找到了，要离去的时候，母亲因为烦躁，抓住我就用拳头在我的后背上猛捶起来。我觉得我的后背要断了，开始哭，可是很长时间都喘不上一口气，差一点憋死。而母亲并不看我艰难喘气的样子，又躺下去了。她并不知道，她差一点打死自己最胆小听话的孩子。

听一只鸟在说什么

母亲不生病的时候,是个很能干的女人,在夏天,她每天都要挑上一对大筐,到野地里挖猪菜。她不在的时候,我们就在院子里玩绝活,学着大人的样子,把锄头、铁锹之类的东西立在掌心里,然后挪动双脚,保持它的平衡。我们认为这是一件了不起的事情。糟糕的是,大弟的水平太差,手里的锄头倒下去了,偏偏砸到母亲刚孵化的小鸭子身上,黄色的小鸭子死了。我沮丧地说:"看咱妈回来不揍你!"母亲汗流浃背地回来,一眼就看到她的小鸭子的惨状,她放下挑子,拾起一根柳条就来打我和大弟。我们光着脚,围着房子转圈跑,地上的煤渣子直硌脚,母亲在后边追。母亲追了一会儿就不追了,我们躲在房后,听见前面响起吧嗒吧嗒的剁菜声。

很多事情都是这样,不关我的事,但我要陪着一起挨打,因为我是老大,对一切都负有责任。有一天,我正在院子里玩,隔壁一个男孩子在我们的院门外扔石子玩,"啪"的一声打碎我家窗子上一块玻璃。为此,我忧心忡忡,害怕母亲回来。果然,母亲一回来,抓住我又是一顿打。隔壁的女人听见了,知道了原委,赶快赔了一块玻璃过来。

冬天,外面太冷,我们没有地方可玩了,整天就在炕上疯,咕咚咕咚地跑来跑去。我的小弟特别淘气,特别爱哭,为了哄他,我和大弟用小被子和油毡布把他包好,让他仿佛坐在车里,然后在炕上来回推他。那天,我们又这样做的时候,母亲正在厨房切菜,她喊道:"别跑了,炕要塌了。"但是,我们一停下来,小弟又哭了,就再推着他跑。终于,母亲拿着菜刀上炕来,用刀背打了两下我的膝盖。我当时蹲在墙角用手护住头。我的腿瘸了好几天,母亲竟没有理会。

我最后一次挨打,是十四五岁的时候,是冬天。那天刮着大风,母亲去火磨磨完玉米面拉车回来,在大门外喊我去开门。当时我正蹲在灶前烧火,母亲的嗓子因早年病坏了,声音本来就沙哑,又被风吹走一些,所以我没有听到她的喊声。就这样,母亲突然闯进来,一脚把我踹倒了。就是从这一天开始,我懂得了生气。不再像以前那样,只是害怕。

长大后,很多年里,我跟母亲没有什么沟通。后来想到了这一点,

想跟她探讨一下打人的问题,想把那些旧事当作趣事讲给她听,她却不在了。

五、那个女的真不要脸

我有了三婶儿。我三婶儿来我家相亲时,三叔不知跑哪去了,她就坐在我家的炕沿上。母亲在厨房忙着。我们这些孩子见来了生人,都老老实实地坐在炕上不敢再疯了。三婶坐得没意思,就趴在桌上。我以为她哭了,就歪下头,从她架起的胳膊下往上看她。她看见了我,笑了。

三叔结婚后,住在一个只有两栋两层楼的地方,大房子里的跑腿子结婚后都住在那里。那是日本侵略军留下的楼房,听说夜里总是闹鬼,有的人家睡到早晨,看见没人动过的马蹄表躺在地上。

我总是吵着要去三叔家玩,有一天母亲终于答应三婶带我走。我们走在乡间的小路上。我背着一个小花包,快乐地蹦跳着。乡野的气息是那样美好。我对三婶说:"我这是去上学该有多好。"我不喜欢在家看孩子,渴望去上学。三婶又笑。

到了那两栋楼前,有人告诉三婶儿:"团结大队正在演《智取威虎山》,不去看?"

三婶儿精神一振,对我说:"快跑!"

路上,我们还过了一条小河,河上摆了一溜石头,距离是大人的脚步宽度,我竟一个一个地蹦过去了。

团结大队的剧场里响着锣鼓,人挤人。我看见的都是腿。三婶儿把我抱起来,我才看见台上的情景。当时,戴着毛绒绒帽子的小常宝正在唱:"八年前,风雪夜……"唱完了,她趴到她爹的怀里。

我知道,这是演剧,那个人不是她爹。回去的路上,我对三婶儿说:"那个女的真不要脸,趴到男的怀里。"三婶儿笑得不行了。她的脸黑,牙白。所以她的笑给人印象很深。以后,她逢人就讲我这个笑话。

以后，我又看了无数遍的电影《智取威虎山》。

六、劳动的种类

1. 做饭

生活在农村，家里总有干不完的活。邻居们都说我家的孩子真能干。长大后与同龄人交流才知道，别人家的孩子都没有我们干的活多。我们的父母不惯孩子，大的小的都得干，当然我干得更多些。

那么多的活，做饭是最基本的。我12岁那年开始学习在豆角锅里贴玉米饼子，从此，暑假寒假的时候，做饭就成了我的事。几年内，包包子、包饺子、烙饼、蒸馒头、煮饭……全会。

所以，对我来说，这是一件很平常的事，也没什么可说的。有时候，会感到委屈。那是我上初中的时候，有一阵子，母亲在一家街道小厂干临时工，早晨三点去上班，父亲呼呼睡大觉，我起来做饭。有时，饭做好了，来不及吃，就饿着肚子上学了。

2. 抬水、压水、挑水

在我们的个子还担不起一副挑子的时候，我们是两个人一组往家抬水，一趟一桶，要好几趟才能装满水缸。在我们能劳动的时候，我们住在公社驻地一个叫大肚川的大村子，我家附近就有一口架着辘轳的水井，我和大弟一起，要奋力地摇着辘轳把，才能把一桶水摇上来。

但是，这口井的水不好喝，父亲总是逼着我们到路远的大河抬一桶水回来，专门烧开水。

一次，我和大弟抬着水，他在前边，我在后边。我一边走，一边回头看着什么，突然撞到一个人身上，我一看，是那个缺了半个耳朵、整天站在大街上骂人的疯子。人们说，他参加过抗美援朝战争，那半个耳朵就是被敌人的子弹打掉的。我们不知道他是怎么疯的,他在骂谁我们也不知道。他的两个漂亮的女儿经常训斥他,让他回家。我们都怕他,撞到他的身上,我都吓呆了,弟弟在前边笑我。没有想到,疯子对我笑了笑,并没有把我怎么样。长大后,我经常想起他的笑。那笑是慈祥的。

后来,家里打了压水井,抽上来的水和那口井的水一样涩,只能用于浇菜园、洗衣服、做饭,所以,每天还是要去大河抬一次水。夏天时,这倒也不难,无非多走些路。冬天,那里会有一个冰窟窿,我们要跪在它的边上,将葫芦瓢伸进去,一瓢一瓢地舀上来。有一年冬天,大妹和弟弟去抬水,不小心滑进去了,幸好她只是两条胳膊掉了进去。

压水不用走路,但谁也不喜欢去压,那也是要力气的,而且枯燥。但天天要压,水缸里天天缺水。冬天,还要刨冰。压水井的顶端也满是冰,有一次小弟用舌头去舔,以为能啃下一块冰来,可他的舌头却沾在了上面,我们弄来温水倒在上面,才解救了他的舌头。夏天,每天要浇菜园,通上水管,就得不停地压。不压就要挨训。那时,不劳动的行为是可耻的,不像现在,孩子不想干活,没人说什么,没有哪个大人一定要让自己的孩子热爱劳动。

我能挑起两桶水的时候,我家又搬到一个叫绥芬河的小市镇。邻居不太了解我们,我们住的房子还没有自来水,就去一个邻居家挑。我去挑的时候,邻居家的老太太就对我说:"你哥、你姐怎么不来挑?"弟弟妹妹的个子都赶上我了,外人分不出我们谁大谁小,生人来了,总要问我们:谁是老大?

3. 拾柴、劈柴

这是冬季里最重要的一种活计。要为夏天的灶火准备好燃料。

母亲总是唠唠叨叨,催着父亲去拉一车烧柴回来。父亲总是拖着,终于去了一次,结果下大雪了,他只拉回几棵毛枝子。母亲只好亲自带着我和大弟,拉着双轮小车上山。我大概14岁,弟弟12岁。我们捡了好多倒地干枯的树,装了一车子。积雪在我们的棉鞋上融化了,鞋湿了,回来走在路上时，又冻硬了，走起来两只脚发出咻咻的摩擦声。

那天晚上，我们的棉鞋就放在灶前烤着。父亲不在家，母亲出去了。我们忘记看看鞋烤得怎么样了。母亲回来，发现弟弟的一只鞋烧得只剩一个侧面。她大发雷霆，把我们这些孩子全部赶到院子里，厨房里的盆和锅铲、勺子之类的东西也被她扔到院子里，然后她关上了门。我们就站在院子里数星星，数着数着就乱了。后来我们蹑手蹑脚走到窗前，从窗帘缝中看母亲在干什么。她坐在炕上，在哭。我们冻得实在受不了了，就悄悄把东西收拾好，悄悄溜进了屋。第二天，母亲把那双鞋拿到父亲负责的社办橡胶厂，将另一侧补上了胶皮，那个冬天，大弟就穿着这样一双鞋过来了。

在寒假里，我们的家务劳动，最重要的就是锯木头，劈柈子。大的小的一齐上，大的操家伙锯或者劈，小的坐在木头上压着，免得它来回滚动。干上一会儿，脚就冻得麻木了，我们便跑回屋子，把脚伸到炉盖子上烤。脚很久都感觉不到热，等感到热了，就有一种灼痛感一闪而过，抬脚一看，尼龙袜子被烧出一个窟窿。

4. 洗衣服

洗衣服也是从12岁就开始了。最愁的是冬天。一到星期天，母亲就烧上一大锅热水，将大铁盆里放上几块碱，将全家的衣服泡在里面。我就坐在小板凳上，在搓前板上搓洗那些衣服。小手被碱水泡得发白起皱。我不把手擦干，就出去倒脏水，做饭时也这样，所以，在冬天，我的手经常黑黑地，皴裂着，一沾水就疼。奇怪的是，我现在的手比有些同龄人的手还要白些，细嫩些，比我脸上的皮肤要好。

衣服拧干了，就挂到外面的篱笆上。到了晚上，那些衣服被冻得支棱着，像一些小假人，我再把它们收回来，放在热炕上或火墙上烤。屋子里就弥漫着腥气。

我喜欢的是夏天到大河洗衣服，不用换水。河沿上排列着很多平整的石头，很多女人和女孩在洗衣服，老远就听见棒槌的声音。衣服洗好了，就晒在河滩的鹅卵石上或河边的柳树丛上，一会儿就干了，带着太阳的香味。

在河中洗衣服的方法是，将衣服泡在石头边的水里，要用石头压住，免得被水流冲走了。然后捞出一件放在石头上，打上肥皂，用棒槌砸，再用手搓一会儿，漂洗干净。这种方法洗我父亲的大裤子最好了，但是，有一次，父亲的裤子干了，母亲发现那裤腿上布满了小眼，是我从水里捞起时，卷进了沙子，棒槌一砸，当然都是眼儿了。无疑，我又挨了一顿骂。

搬到绥芬河后，就没有这样洗衣的享受了，那里没有一条像样的河。现在，我怀念坐在河边的石头上，两只脚丫划着水流的感觉。

5. 缝纫

小时候，身上穿的衣服都是母亲自己裁剪缝做的，家里有个鹿牌缝纫机，是母亲养猪赚的钱买的。二叔和三叔家孩子的衣服也是母亲做的，一到腊月，布就送来了，母亲忙不过来，就把我赶上架了。十四五岁，我学会了踩缝纫机。

这段经历的好处是，二十世纪八十年代初，喇叭裤时髦的时候，母亲看不惯，不给做，我自己动手做出来了。

十六岁的时候，我开始缝被子。

还开始缝棉衣。

那个暑假，母亲把拆洗过的棉衣的表和里铺在地板上，中间铺上原来的棉絮，告诉我缝的顺序，就出门干活了。我因急着看书，很快就缝完了。母亲回来一看，大发其火，说我缝的针脚太大，一个人骑着驴还带着草帽也能过去。她给我全拆了，让我重缝。我不敢顶撞她，就一个人生闷气。不久，我的手和脚都起了湿疹，大概是在地板上受了潮，以后每年夏天都犯。

这就是我的16岁花季。

6. 农事

学校里有校田地。小学三年级时，春天播种的时候，我们只是背一包种子，跨在田垄上点籽。四年级以后，铲地，割麦这样的活都会干了。

学校经常放农忙假，让学生回生产队去帮忙，没有生产队的公社干部子女，或者像我这样的社办企业人员的子女，就自己选一个生产队插进去。有个农忙假大概放了十多天，我跟着一个同学在二队干活。我干活从不偷懒，拼命地干，以表明自己的能干。队长看了我割过的稻田，对别人说："这小孩子干得真不少。"

有时候，因为没有手表，不知道时间，休息后就回来晚了。那是一个初夏时节，我们去生产队铲地。休息的时候，我们几个同学跑到山上采杏子，回来后人家早就干上了，我们溜到自己的田垄上干活，但是一哈腰，口袋里的杏子就淌到地上了。

当然，干活也不是白干，要记工分。我从来不知道队里给我记了几分。快到春节时，住我家斜对门的生产队的会计，在路上碰到我，让我去他那里领钱。我很高兴，干了十多天，怎么也得给几块钱吧？但是，事实太让我失望了，我只领到两毛三分钱。这是我此生的第一笔劳动收入。

那时候，各个大队在农忙的时候也请求支援。有一次，我们排着队去生产队插秧就是这种性质的劳动，大人说小孩子插秧不累腰。幸运的是，我没有被泥里的碎玻璃割破过脚。

1976年，大雪来得太早，将刚刚割倒的玉米捂在了地里。煤矿大队请求支援，这可不是我小时候住过的那个小煤矿，是个大煤矿。我们这些小学生去雪里抠玉米。中午，矿上管一顿饭，是白白的大馒头和羊肉汤。我们女生都不喝羊肉汤，就抱着大馒头站着啃。我从没吃过这么大、这么好的馒头，也是因为饿了，吃得急，结果噎住了，好久喘不上来气。打那以后，我连喝水都要小心，弄不好也照样噎住。

不过，那个大馒头真是香啊。

七、逛供销社

在大肚川，供销合作社是唯一一个具有吸引力的地方。那是一排长长的平房，有一个挨一个的大玻璃窗，每个窗子外面还有一层蓝色的木板小门，每天早晨打开，晚上关上。所以，当供销社开门了，我们说"开板儿了"；关门了，我们说"关板儿了"。我们所有的人都把供销社叫"合社"。

我差不多每天都去逛一次供销社，少数的时候是去给家里买盐和酱油以及我们孩子的学习用具，多数时候是看柜台里的商品。我每次都是先从南头的布匹开始看，我还要伸手摸一摸那些花花绿绿的布。

然后是内衣裤、袜子和针头线脑。

然后是书籍、画本和文具。我在这个柜台前停留的时间最长，因为我喜欢隔着玻璃看那些我没有钱买的画本，还有好看的笔和卷笔刀。我还喜欢看站这个柜台的姑娘的大辫子，一直垂到屁股下，走起来辫梢摆来摆去，人们都叫她王大辫。我在这个柜台用好不容易攒下的7分钱，买过一副袖珍扑克牌，回家后不敢让母亲看到，就藏到鞋子里。结果呢，母亲还是发现了，她毫不犹豫地把它烧了。有一次，几个孩子到我家来打扑克，母亲把他们赶走了，所以我至今不会打扑克。

然后就是食品柜台，有酱油和醋，有饼干和糖块。我在这个柜台前停留的时间也是很长的，我喜欢看站柜台的男人用漏斗和大提子、小提子给人打醋和酱油。我暗地里猜测，他会不会偷吃那些饼干和糖块？有人来买这些东西，他就把秤好的东西倒在一张黄色的包装纸上，包起来，再用细纸绳捆扎上，打上结。我学会了他的每一步操作，在家里，有什么东西需要包起来时，我就学着他的样子，打一个那样的包。

关于这种纸包，有一个真实的故事。我同学的父母买了一斤饼干，怕孩子们很快吃光了，就挂在了房梁上。但是孩子们有办法，他们经常拿一根长棍子去捅那个纸包，经常有饼干从那上面掉下来。到最后，父亲想拿下那个纸包时，里面是空的。

听一只鸟在说什么

最北面的柜台摆放的是锅碗瓢盆,以及钉子、铁锹之类的东西。站这个柜台的女人是我们班主任老师的老婆,她习惯眯着眼,整天像睡不醒的样子。可能是因为她,我才记住了这个柜台。柜台里那些生硬冰冷的东西,从未引起过我的兴趣。

供销社里的地面在夏天是潮湿的,所以屋子里很凉快。冬天,那里生了火炉,总有一些闲着的男人坐在那炉边聊天。多年以后,当我逛过无数的大商场,看到多得不可思议的商品,我经常想起的,还是我最早逛过的供销社。它随意,亲和,我此生逛商场的趣味早在那时就全部满足了。如今,我最怕的是和一群女人去逛商场。

八、你用我的字典

小学三年级时,我的同桌叫王学刚。我们坐在最前排。我是因为个子小,他是因为太淘气,被老师特意分配到我的桌上来。这使我很沮丧,我的胆子小,不能像老师要求的那样管好他,所以上课的时候,他在书桌下照样肆无忌惮地玩弹弓或敲桌子。

这一天的语文课,老师要教同学们查字典,请大家把字典拿出来。话音刚落,王学刚就把他的字典啪地拍在桌子上,响声吓了大家一跳,包括老师,于是他被老师厉声喝到前边罚站。他站的位置离我很近,我不敢去看他,确切地说,是不好意思盯着犯了错误的同学看。我翻开自己的字典,那是我父母上学时用过的字典,纸页发黄,像一本旧皇历。我在上面怎么也找不到老师说的内容,急得眼泪要掉下来了。老师拿过我的字典看了看,说这是一本老字典,不能用了,得买一本《新华字典》。我傻了,不知道这堂课该怎么办。

王学刚在前面站着也不老实,对着下面的同学挤眉弄眼儿,他的字典寂寞地躺在他的那半边书桌上。我竟然没有动一点心思,只望着书桌上那些重重叠叠的斑痕难过。忽然,我听到王学刚在叫我的名字,他小声对我说："你用我的字典。"我看了看没有任何表示的女老师，没敢动。他以为我没听到，提高了声音催促道："你用我的字典，你用我的字典。"老师听到他的声音，扭头对他喝道："你老实点儿！"我怯怯地拿过他的字典，再也不敢抬头看他。

就这样，我是用了坏男生的字典学会了查字典，而他整整站了一堂课。

后来我上了中学，王学刚失学不知去向，被同学们淡忘了。我也不用《新华字典》，而改用《现代汉语词典》了，因而也很难想起他。直到有一天，我在书店看到了新版的比从前贵了好几倍的《新华字典》，我又想起了一个男孩，他总穿一身土黄色的帆布衣裤，浑身上下脏兮兮的，脸蛋皱得像麻土豆。他站在前面一点也不知道害臊，他诚恳地催促我："你用我的字典。"

我一直记得他的名字，并且猜测过他的种种命运。

九、四个"丽"

我的小学时代，最辉煌的时候，是四年级和五年级的时候。

我们班上有4个女生，名字的最后一个字都是"丽"。我是其中的一个。我们都学习好，每学期评优秀学生，都有我们4个，在学校很有名气。但我和她们有根本的不同，我是一个普通人家的孩子，而她们，一个"丽"的妈妈是我们的校长，我曾羡慕她有新的好看的钢笔；另两个"丽"的爸爸都是公社干部。所以，我经常是放学后赶快回家干活，而她们三个在一起玩。

在我们当中，有一个特别聪明，有一个爱管闲事，有一个漂亮却憨厚，我是最老实、最无知的一个。

在一个寒假里，我们被分在一组护校。学校有一间小屋，大概是老师的值班室，我们坐在烧热的炕上，看着棚顶聊天。棚顶上糊着旧报纸,上面有关于江青的消息。最聪明的"丽"说:"江青是毛主席的爱人。"我问:"什么是爱人?"另一个"丽"说:"你连爱人都不知道?爱人就是老婆。"

不久,县城的照相馆下乡来到我们这里,在大队部给人们照相。那个平时爱管闲事的"丽"提议,我们4个"丽"凑钱合个影,立即得到响应。照相是在晚上,那个"丽"让我晚饭后去她家找她一起去。我去了,她正在吃饭,她虽然也在吃玉米饼子,但我惊奇地发现,她是蘸着熟豆油吃的。而当时大多数家庭,豆油是很珍贵的东西。

多亏了那个爱管闲事的"丽",我们有了一张珍贵的合影。现在,我还保存着这张照片。照片上的我们都戴着红领巾。我露着两个大板牙,旁边的牙蜕掉后还没长好。但是,我不知道她们几个在哪里,在上初中的时候,她们都搬去了县城东宁,而我搬到了边境小城绥芬河。

有时候,挺想她们的。

十、诚实与虚荣

小学的冬天不好过,因为要积肥,一部分校田地用,另一部送交生产队。

三年级以上的学生,每周都有数量不等的任务。寒假里另有定额。

因此,放学后,我们就扛着铁锹,挎着筐,满街转,街上的猪屎、狗屎、马粪、牛粪是我们的目标。最希望碰到的是牛粪,只要几块,筐就满了。所以,走在街上,最激动的事是遇到牛粪,谁遇到了,谁就眼睛放光。

回家以后就难受了,手脚冻得已经麻木,放在灶火前一烤,钻心的疼,常常哭鼻子。

有一个寒假,我们的积肥定量是10筐。我已经完成了,但是,老师提倡我们要超额完成任务,我想超额,想让老师表扬,又不想去街上捡,就跑到自家的菜园里,把园子里准备种菜用的一些粪撮了一筐。当

时，我姥姥正坐在灶前烧火，门开着，她看见我干的好事，敞开嗓门就骂我。但我还是把那筐粪交到了学校。交一筐粪，就有护校的同学给一张起证明作用的票。开学后，老师看了我的11张票，表扬了我。我心里很满足。

很多年后，我在办公室与同事说起这事，同事说，那时她每次向学校交肥，都是先在筐的底部垫上半筐柴垛里的木渣和碎石块什么的，最上面再铺上一层粪。我愕然。原来，人的差异从很小的时候就开始了。

十一、向广播站投稿

自从我五六岁的时候，家里安上了广播喇叭，我就整天纳闷，说话的人是怎么进到喇叭里去的？我经常对来我家的人说："我长大后，就到那里面去说话唱歌。"后来这不是一个问题了，新的问题是，本县节目的广播员，怎么知道那么多的事？胜利大队积肥多少多少，东方红大队开始备耕了……这些事他们是怎么知道的？

上初一的一天，我们的女班长正站在家门口，为老师削一条柳条教鞭。我从她家门前路过，她叫住了我。她说再过几天就是毛主席"向雷锋同志学习"题词多少周年，我们给县广播站写篇稿吧？我当然同意。第二天放学后，我们坐在教室里，你一句我一句凑了一篇文章，由她寄走了。没过几天，一天早晨，那篇稿子真的在广播里播出了。家家都有广播，全校师生都听到了。上早自习时，班主任老师还问坐在前排的我，是谁让我们写的？有没有人给修改过？这件事在学校很轰动。

以后，班长不知为什么不再找我合作，我们各自又在县广播站发过几篇稿。广播站来我们公社办通讯员学习班，还把我们也找去了，这时，我才知道，广播里的事，都是各地的通讯员写去的。

那个班长后来不知为什么不理我了，但我还是感谢她，是她让我明白投稿是怎么回事。

十二、第一次读翻译作品

我是一个有阅读癖的人。见了文字比见了爹妈都亲。

小学二年级的时候，我就可以自学语文了。这缘于一次伤病。一次，我在学校抢篮球时，被一个小木棍划破了脚踝，结果感染了，整个脚脖子肿得老粗。我不愿意请假耽误课，每天都是一瘸一拐地去上学。那时，学校除了一个王老师，又来了一个张老师。张老师星期天回家时，带来消炎药，星期一上课的时候，她给我的伤口敷上了药，然后把我赶回了家，让我好了再去上学。

我每天就坐在炕上，趴在窗台上，看我的语文课本，先用拼音学生字，然后读课文。想不到，等我再去上学时，我自学语文的进度比老师的进度都快。

但是，很多年里，我没有书看。新学期，语文课本一发下来，我一个晚上就全部看完了，然后再看弟弟妹妹的课本，虽然是我学过的，但也有新增的内容。我走在路上，看见一块报纸，就马上捡起来，弹一弹灰土，津津有味地看着。没事的时候，我总是站在炕上，仰着脖子，看糊在天棚上的发黄的旧报纸。在那上面找字，也是我和弟弟妹妹们经常做的游戏。

有一阵子，看了一些流行的画本，这是那个年代大家都在看的。偶尔的时候，能借到一本《雷锋日记》或者《欧阳海之歌》，就在晚上睡觉前，趴在被窝里给弟弟妹妹们读。读着读着，我听不到反应，扭头一看，他们都睡着了，我就自己看。

上初一的时候，教我们生理课的张老师对我非常好。有一天自习课时，她把我叫到学校的图书室，我这才知道她还管着学校的图书，不过那些书是专给老师看的。她在登记新书，她让我往新书上盖章子。忙完了，她让我挑一本书回去看，我第一次看见那么多的书，不知该看哪一本。她说："你喜欢写作，就应该多看鲁迅的作品。"可是，那时我不喜欢鲁迅，虽然只是在课本上学到几篇他的作品，但太深奥了，看不

懂。她看我不说话,就给我拿了一本《钢铁是怎样炼成的》。

早些时候,我看见供销社的柜台里有这样一本画本,封面是一个战士骑在马上,挥着长刀。那时我想,炼钢是要烧火的,怎么还要骑在马上呢?看完了这本书才知道是怎么回事。关于这本书,我如今能模糊记起的,是保尔和冬尼娅的爱情。

这是我此生读的第一本翻译作品。那时,我以为这是世界上最好的书了。现在,我是个外国文学迷,看了许多更好的翻译作品,但我从未忘记这本书和那位老师。她说话大舌头,同学们上课时总是学她。她不讲课的时候,就坐在前边的一把椅子上,往下摘自己辫梢上的刻叉。

我常常想起她,却同样地,不知道她的所在。

生活就是这样,有很多人要感谢,但不知他们在哪儿。

有很多苦痛和遗憾要忘记,却越来越强烈地凸显在记忆中……

送你一个布娃娃

迄今为止,我只喜欢一首儿歌:

　　天上的雪,悄悄地下,
　　路边有一个布娃娃。
　　布娃娃呀你为什么不回家?
　　是不是你也没有家?
　　没有爸爸和妈妈?
　　布娃娃呀不要伤心,不要害怕,
　　让我借给你一个妈妈,
　　我俩共同拥有一个家。

听一只鸟在说什么

可惜我知道这首儿歌的时候,早已是该做妈妈的年龄了,我的生命中也始终没有一个布娃娃。也许正因为这点遗憾,这首儿歌才使过早泯灭童心的我怦然心动。但是现在我要说的不是这首儿歌,而是布娃娃。

布娃娃有很多种,也有很多档次,可我记不得六、七十年代的布娃娃是什么样的了,这并不是年代久远造成的,而是因为家里买不起玩具,也就没有布娃娃,我看到的布娃娃是别人的,当然就没有印象了。和所有的女孩子一样,我也喜欢给布娃娃当妈妈,而拥有一个布娃娃的可能性是绝对没有的,我只好将小枕头当作布娃娃,用小被子包好抱在怀里,学着母亲的样子轻轻地拍打。枕头毕竟只是一个替代物,软软的,也不直观,所以它在我成长的过程中很快被淘汰了。事实上,我已经有好几个布娃娃了,他们是我的弟弟妹妹,我常常给他们当妈妈,体验操纵和摆布他们的快乐。他们比布娃娃更好玩,可也比布娃娃多出许多麻烦,要吃喝,要屙屎屙尿,要哭,要乱跑,而这一切都要由我负责,出现事故,唯我是问,所以我的童年其实很累很累,累得不长个儿。童年就这样过去了,没有一个真正的布娃娃,没听说过一首儿歌。这使我很遗憾。

很多年前,我听过这样一个故事:一个纺织女工当了劳动模范,在陪外宾逛商店时,外宾执意要送她一件礼物,她说:"旧社会我家里穷,我没有玩过布娃娃,你一定要送,就送我一个布娃娃吧。"套用一个时髦的词汇,这算是个布娃娃情结吧?不幸的是,我始终没有结束这个情结,这里面有一种相悖的因素。当我有了工资在商店的玩具柜台前徘徊时,我还有许多比布娃娃更重要的事情等着花钱,因而就饮憾与布娃娃错过了,而当我买一个布娃娃是很轻松的事时,我已经不去商店看布娃娃了。我的心老了,我的生活也没有快乐。很久以后,我看法国女作家波伏娃的《第二性》时发现这样一段话:"一个孩子如果承担过量的劳动,就很可能变成一个早熟的奴隶,注定要过没有快乐的生活。"我又想起很累很累没有布娃娃的童年。

然而有一天,一位上了年纪的妇女就像那首儿歌一样,又使我怦然心动。那是几年前,我还住在中俄边境小城绥芬河,去牡丹江出差住进

一个招待所，在食堂吃饭时认识了做饭的阿姨，她和我母亲的年纪差不多，但是她要求我再来的时候能给她捎一个俄罗斯布娃娃，她说她非常喜欢布娃娃。那一刻，我知道，其实她比我年轻。回到绥芬河，我特意去了一趟交易市场，那些漂亮的俄罗斯布娃娃很贵，很可爱，也很能撩动人的心弦。我几乎要下决心也为自己买一个，但我说不清是什么东西抑制了我的欲望，我只买了一个，送给了那位童趣不泯的老女人。那个布娃娃在你抱着她前后摆动时，就用稚嫩的声音喊："妈妈，妈妈！"这声音一直珍藏在我心里。

天上的雪，悄悄地下，路边有一个布娃娃。当你真的看到这样一个布娃娃时，你能仅仅说她就是一个玩具吗？她将唤起你多少遥远的童年往事，勾起你多少被岁月埋葬的情感，而这都是珍贵的东西，是无法再现的啊！因此，我常常想起那个要俄罗斯布娃娃的老女人，也常常想起这首儿歌。布娃娃呀你为什么不回家？是不是你也没有家？我终于知道，我的心一直就是布娃娃的家。

第二辑 屋顶间的哲学

中年人的日记

老年人编撰回忆录,年轻人忙着写简历。中年人保存一本日记,每天照例以天气开头。

2007年初,读美国诗人、殡葬师托马斯·林奇的《殡葬人手记》,至此句,不禁会心一笑。我正是那每天以天气开头写日记的中年人呀。

我的日记从青年写到中年,总有二十多本了吧?写日记的诸多年里,也读了一些日记,纪德的,卡夫卡的,西蒙·波伏娃的,还有明人李日华的。纪德和卡夫卡的日记,内容文字都纯粹,总是与写作有关,用精美的句子传达深邃的思考。波伏娃的日记长而详细,注重细节,且勾挂着大事件和时代背景,像是后来查阅资料加工过的。李日华的《味水轩日记》,属明人小品,笔数随意,文辞简峭,情致雅淡。读这些优秀的日记,我获益良多,自己写的日记却甚是乏味。所以,我想,我的日记才是所谓的日记吧,都是些拉杂的生活琐事。到了中年有意回味,纪德、卡夫卡和波伏娃的那部分日记,是他们年轻时写的,有鲜活的血液在激烈地奔流,而《味水轩日记》是李日华于县令任上返乡奔母丧,为终养老父乞请归田后写的,具见中年情怀,何止是以天气开头,有时就只有天气,只一个"雨"字,或一个"霁"字,或"微风",或"瓦缝有积雪",颇觉亲切。

有那么一阵子,我学波伏娃,写日记的时候,将当天国内外的新闻大事也记录下来,以待老年写回忆录的时候,省却查资料的麻烦,可是

坚持了一段时日就松懈了，最后终于忘记了，又陷于琐碎的小我。所以，我只能是渺小默默无闻的人，还有什么必要写回忆录！那么，我还有什么必要写日记呢？过了这么多年，我已经想不起当初为什么要写日记了，而到了中年，诸多责任烦事缠绕，为什么还要临睡前强打精神将这一天做一记录呢？这是个问题。卡夫卡在1921年11月7日的日记中说："观察自我是一种无可推卸的责任：如果别人在观察我，我当然也必须观察自己；如果没有人观察我，我就得更加仔细地观察自己。"这理由不适合我，我没有那么高尚。英国日记作家、散文家巴贝利翁的话倒是接近于我的意图，他说："我倚仗这本日记帮助我，就像其他可怜的家伙依赖喝酒一样。"是的，是一种帮助，可也没到如此依赖的分上，只是偶尔想不起哪件事的时候，才打开日记查对一下。重读纪德1905年5月的日记，我找到了与我近似的想法，他说："日记对我有什么帮助呢？在纷纷逃逝的事物中，我抓住这一页页日记，就像牢牢抓住固定的东西。"

　　正是了，日子的流逝，将生活带走，将记忆抹去，所以，要不嫌麻烦，及时将其按到纸页上。我甚至不相信电脑，只相信纸质的日记本和易于保存的黑色墨水。但，这就可靠了吗？也不免有怀疑，有失望。一次，偶读自己年轻时的日记，感觉某句话特别好，怀疑是自己写的吗？我那时能写出这么好的话吗？有时，某件事想不起来来龙去脉了，便到日记里去找，有时找得到，有时找不到，证明自己的日记写得太简单了。电脑没普及的时候，有一年为了练速记，我用速记符号写日记，现在，那些符号都忘记了，我只能对着那本日记发愣，那一年的我，没了。还有一次，看到从前的日记里记录了一个饭局，那名单里有几个人名，我愣是想不起是谁，成了真正的符号。

　　所以，我下决心，再写日记的时候，一定要多一分耐心，写细致些，人在中年，千万不要相信自己的记忆力，有些事我们以为不会忘记，其实转身转眼即忘。甚至忘记写日记，第二天再补，可是昨天都干什么了？回忆已经艰难。可我是个粗心的人，做小说这样郑重其事的事，该细的地方都细不了，日记当然仍是写不细的。年纪越大，生活越简单，日记也越简单了。

美国女作家盖·戈德温说："日记作者们，是精明而天真无邪的一族，是隐秘的自我表现狂，是连续性的、自我意识生活的了不起的提供者。"她说的是另一类日记作者。我有个朋友就是这样活在自己的日记中，青年时这样，现在中年了还这样。她说我，你那算什么日记？然而，这就是我的中年生活，低凡、琐碎：工作、写作，洗衣做饭、打扫卫生、照顾老小，接待远来的亲友，去超市买日用品，去发廊遮掩白发……日记里全是现实的我，我不会再藏一个我在里面，另一个我在我的写作中，在文学作品里。

这样的日记了无趣味，几成备忘录。却是安全的。有个大朋友说，他下乡的时候也写了些日记，回城后烧掉了，到了中年怀旧的时候开始后悔，因为青年的那段时间成了空白。我也曾做过这样的蠢事，30岁的时候，烧掉20岁以前的日记，可能是羞于自己的幼稚吧，我的人生只从20岁开始，要细致地怀旧，也只能从此开始了。现在的日记，没有什么能让我想烧的，中年的平淡没有什么可羞愧的，在我老年的回顾中，它将显现只对于我个人的价值。

作为殡葬师的托马斯·林奇看过太多的死亡，所以作为诗人的托马斯·林奇中年的时候很超脱："中年是一个平衡点，既不为青春作催促，也不受衰老之阴影的掩翳，我们好像摆脱了时间的羁绊而自由漂流。过去和未来都看得明明白白。"所以，处在复杂矛盾中的中年人，凡事求简单，一如李日华，连日记有时也只剩下天气了。

我的沧海太阳

终于找到了！
什么？永恒。
那是沧海融入太阳。

——兰波《永恒》

无论有多少次，这都是一个奇异的时刻。

我站在海边。大海它已存在了很久，它是古老地球的呼吸，一下，又一下，缓慢而柔和地，或者急促而狂暴地。不管我们有多少关于海洋的知识，它仍然是一个谜，而且海涛的形状和声音提醒我们很多的事情：关于我们的来历；关于我们大海一样起伏不定的人生；关于我们的种种需求；关于我们的欢乐和痛苦；关于我们的思念和悲伤；关于我们长久的希望的破灭；关于我们灵魂的归宿……

我们就是这样一些满怀了许多事物、思想和情感的东西，是一些自称为人的生命。科教电影《宇宙与人》那漂亮的解说词告诉我们，我们是在遥远的从前，从海洋中走出后才演变成人的。难怪每一次我站在岸边，就仿佛是站在母亲的身边，站在一种熟知而亲和的气息之中。我想对它倾诉，像太阳的光芒一样穿过它的内部。我想听它来自黑暗深处的喃喃私语，想与它交换彼此沧桑的秘密。我们仿佛息息相通。

这就是我正在经历的生活。

无论什么时候，什么方位，只要我能面对大海，看着它远处厚重神秘的蓝，看着它近处恍惚不定的绿，看着它怀着千百万年对陆地的渴望奔腾而来，我都不能无动于衷。我对它的目光永远是新鲜的，我像小时候好奇地趴在别人家的窗口观察别人的房间那样观察着它，那里有我们失去的东西，也有我们尚未得到的东西，有我们失落的情感，有我们的永不满足和骚动不安的渴望。有我们自以为是胜利其实是失败的东西。

有我的或者是我们的生活。

我自己就是一个小世界。我站在坚固的有时也是脆弱的大世界边缘，注目着另一个柔软的有时也是强劲的大世界。

我对海的向往始于在东北黑色陆地度过的童年，始于来自海边的父母的描述：树叶般在海面上漂泊的小船。潮汐的来来往往。礁石上的海蛎子。潮湿的沙滩上海蛤走过的直线痕迹以及蟹子躲进沙泥下留下的小眼。

1994年春天，我在大海像少女白色裙裾的花边一样的海岸线上，选择威海这个地方定居下来。它也存在了很久，一代一代的人，平凡的或者不平凡的，像丁汝昌、邓世昌这样的英雄或者无名的百姓们，死在这里。我只不过是它在一个时间段上微不足道的一抹浮云。但我立刻感到自己与它的亲和，与大海的亲和。也许，这就是故乡的力量。

还有那透明的阳光。它照射着大海。这里少雨，因而太阳与大海肝胆相照。

当时，我把一颗受过重伤的心交付大海，然后我轻松了，在太阳和大海之间开始了明亮的生活。如今，我已经不能肯定，那算不算是受伤，那是否是一种存在。因为相对于沧海，发生在个人身上的任何事情都是渺小的，实在渺小。我调整自己的生活，让它像潮汐一样富有规律却不单调。我看大海中的蓝天和太阳，它们的反光在我的眉宇间刻下了一条竖纹，那是一个人成熟的标志。

有时我想，我大概永远不会离开威海这个小城了。这不是一句谶语，而是我永恒的选择。同时也是大海和太阳的选择。

有一段时间，我工作的单位离海边不远，我每天骑车在海滨路上走三个来回。每一回都是这样，我不看前面的路，而是扭着脖子看路基下的大海。港湾里永远停着等待远航的巨轮，运送游客的白色小轮船拖着白色的尾巴，从旅游码头慢慢驶向爱国主义教育基地刘公岛，在那里，雕塑的邓世昌举着望远镜在观察着海面。而我看到的海面，有时它是蓝色的，像很多层的玻璃重叠在那里；有时它是绿色的，就是人们早就说过的那种翡翠绿；有时它又是灰色的，寂寞的样子；在风急浪高的日子

里，它又是黄色的了。

我一直不知道大海的颜色为什么有这么多的变化。后来我想，这可能与太阳有关，与光线的强弱和它抵达的深度有关。

或许，与百年英雄的血泪有关。

我打听了很久，询问了很多人才知道，同一片海域，为什么有的地方平整如镜，有的地方却波涛激荡，两种姿态紧密相连。答案很简单，波涛荡漾的地方下面一定有海流。被我问到的人很多是土著人，我奇怪的是，他们很多人都不知道这个答案。可能是因为他们对海太熟悉了，过于熟悉就是一种陌生。距离太近就什么也看不清。没有大海在他们心中激荡。没有秘密需要他们来探究。

我，一个冒牌的海边人，终于打开了一本久已向往的书。我如饥似渴地阅读。

我有一种隐约的感觉：大海，它有话要对我们说。它像一个不能掌握语言的人，像一个还没有掌握语言的孩子，像一个永不可能有语言的动物，用它颜色的更迭、声音的强弱和形体动作的变化，诉说它地球史一般亘古长久的生活。当然，包括味觉的诉说。

我第一次郑重其事地看海，是在威海毕家疃海边。那天的阳光正是6月里那种温和而有耐性的样子，这使得海是淡绿的，清澈的，给人以甘甜的错觉。我的画家朋友Z劝我尝一口海水，一定要尝尝。于是，我捧起了它。正如传说的那样，它苦，咸，涩，像腌菜缸里的水。这个比喻很扫兴，仿佛是对它那无比清澈的亵渎，但的确如此。很长时间，我都不能接受这个事实。

现在，每次我带外地来的朋友去看海，我也要让第一次看见海的朋友尝一口海水。尝尝吧，不知道海水的滋味，就不能算真正认识大海。认识一个事物有很多的途径，但总有一条是通向本质的。如果因为我们的麻木或胆怯或懒惰而没有走上这一途径，这是一件很遗憾的事。

还有一条认识大海的路是我们不经常走的。

当太阳彻底离去，大海向我们呈现了另一面，就像一个地球上的挂牌，它翻转过来，让白天承受了太多的阳光和目光的一面休息，让黑暗的隐秘的一面来值班。

　　关于这一面,大多数的人不过是于夏夜里在港湾获得了一点浅显的认识。在那里,橘黄色的灯光给近处的海面披上一层华丽的晚礼服。海水的色彩和温馨冲淡了从远处渗透而来的黑暗、神秘、压抑和恐惧,特别是当海风习习掠过人的肌肤,惬意就阻挡了心对黑暗中大海的感觉。

　　我永不会忘记,在冬季,有一个深夜,在大连至威海的客轮上,我从无奈的底舱出来去找卫生间,误闯到空无一人的甲板上,因而我无意中看到了大海的另一张面孔。陌生而可怕的面孔。它奔腾着,白色的波涛像白色的马群,连绵不断地经过船边,令人晕眩地向后方奔去。那些破碎的惊马闪着白光,发出哗哗的声响。而远处的四周,是无边、无望而莫测的黑暗,仿佛有一个怪兽在潜伏着,随时会突然跃起,扑向船只。那一刻,我感到从未有过的孤独,不仅仅是我一个人的,也为这只船,为这整个船上所有的人。这只船在港湾里的巨大消失殆尽,变得不可依靠。而在它里面沉睡的人们,什么都感觉不到。人们以为很多人在一起就是安全的,就不会有孤独。不是这样的。这是我在那个相对绝望的甲板上偶然的发现。

　　回到底舱,望着头上那些我担心会掉下来的钢架和管道,我想起了那些在海上遇难的人,不管他们活着还是死去,他们对终极的绝望都会有刻骨铭心的体验和感受,但他们一定无法描述。

　　还是回到大海的另一面吧。更多的时候,我们所看到的,是它很客气的一面,太阳笔直的金色光线抚慰着它,它像镜子一样明亮,它的反光使威海这个小城到处都是明亮的。城市的美应该为更多的人所认识,也应该有更漂亮的海岸线来呼应。于是,在居民较稠密的环海地带,政府建起了6个漂亮的开放式公园。我和人们一样,经常去的还是威海公园。它没有栅栏,没有门。它是狭窄而绵长的,有几公里长,上面有鲜花、绿树和一些现代有趣的雕塑。它像彩色的绸缎在东部海边起伏飘荡。这是一个可以放松徜徉的地方,如果你有足够的脚力。你还可以放松地坐在漂亮的长椅上看大海的蓝色绸缎,上面打着皱褶。对于人,对于海,那都是一种安详。

不必否认，也有过一些不那么安详的日子。那是一些工资低而物价高的年头。我记了几年的生活账目，但无意间保留下来的，只有1997年最后一个季度的家庭收支情况。比如我最喜欢的10月，两人的工资加稿费总和2351元，但是有一多半消费掉了，差不多每一天都有支出。比如：

10月2日　房租150元

10月8日　煤气、海鲜、菜40.5元

10月18日　牛奶24元+电费37元=61元

10月19日　书98元，白糖、酱油、馒头、橘子12.4元，批发快餐面38元……

这个账目上记载的东西全部是生活中最基本的需要，一些最微小最起码的物质，而世界上的物质该有多少！我热切向往的物质该有多少！这个单子上找不到。为此我怀疑过自己的选择。

就是在这样不惬意的日子里，我和家人经常登上横亘在市区北面的古陌岭。那上面可以看到三面的大海，和山体两侧地面上楼房的红屋顶。山的高度使我感到自己远离了尘世，而且大海是那样地光滑平静，没有一条皱纹。它不动声色地敞开着宽容的气度。它消融了我的忧郁的目光，我对前生的仇恨和现世的烦恼。

其实一些烦恼来自目光的短浅和不自由，城市的楼群妨碍了我们的远眺。有时候，我们不妨到高处看看大海。想想谁的眼泪被它收留？想想它对于自己真正的意义。

但是，有很多威海人不看海。甚至有很多年轻人，就像他们不说普通话，也不去大海里游泳。他们并不珍视这一拥有。在我看来这是在浪费资源。这也是我不能理解的一件事情。他们不是不知道自己身边的美丽，我就听到一个人对自己一心想去看西湖的妻子说："西湖？哪赶上咱这儿的米山水库。"或许，那是一种在熟视无睹的环境里形成的持续不断的惰性，对自己单调无奇的生活听其自然。我想，他们应该像给自己的身体洗澡一样，给那蒙尘的思想换件新衣服，改变一下自己的生活，改变那种不以为然的态度，对上天赐予的生存之境表示应有的敬意。

相反，有很多的人，为了看一眼大海的蓝，为了晒一晒海边的太阳，为了在干爽烫人的金色沙滩上躺一会儿，经过了千万里辛苦的长途跋涉。

不幸地，有人赶上了少有的阴云和大风大浪。沙滩是潮湿的，根本不能让他们惬意地躺下，哪怕是坐一下。大海向他们莫名其妙地咆哮着，使他们仿佛做错了什么事，站在那里接受它的训诫。他们该怎么办？回到旅馆等待吗？或许一个大人就这么决定了。但是，在国际海水浴场，在播音员提醒游客不要下水的一遍又一遍循环的声音中，我看到一个小女孩勇敢地冲到水边，海浪立刻打透了她全身的衣服。她快乐地尖叫着，像暴风雨中的燕子。她回来扯上母亲的手，再次向海浪奔去，于是，她的干爽的母亲也湿了。

那天，我没有下水，我没有女孩的勇敢，我害怕海浪的冰冷，害怕被它卷走，像卷走一枚树叶。我想，这就是一个成年人和一个孩子的差距。孩子的心没有栅栏，永远是自由的，而我们这些成年人，是一些观念和经验的囚徒。比较起来，孩子更能保持与自然的和谐。

我本来是一个旱鸭子，来威海后，我学会了游泳。每年夏天，我至少去六七次国际海水浴场。最近两年，这里的游客越来越多了。他们的旅游抵达他们陌生的生活。沙滩上，浅海区，布满了半裸的人们。沙滩上五颜六色，海水里都是黑色的浮标。你在沙滩上走着时要小心，不要踩着埋在沙下的人。我看见一对母女，年轻的母亲和幼小的女儿，白着身体侧卧在海和岸交界的湿滩上，等待浪花的啃咬，像躺在自家床上那样放松。一些光腚娃娃被父母抱进水里，甚至还有几个月大的婴儿。

他们在午后阳光正烈的时候就在这里了。他们与太阳在海边约会。

从一些人身上，我看到了太阳真正的颜色，他们是这样一些人：海上救生员，开游艇的人，出租和看管遮阳伞及泳圈的人，卖泳衣的人，在沙滩上走来走去兜售玉米棒和冷饮的人。他们全都瘦瘦的，脸、脖子、胳膊和腿是黑棕色的。他们因为大海而消瘦，因为大海而被阳光千百遍地梳理、清洗、浸染。他们是阳光的囚徒。这就是他们在夏季里

生活的颜色。对于黄种人，这样的肤色多少令人感到心酸。全是为了生活啊！

但我不认为他们，还有游客，是真正拥有大海的人。在这里，他们只是一个季节的人。当夏天过去，直到下一个喧闹的季节再次来临，谁也不知道他们在哪里。我只能猜想着他们另外的生活方式。

当然，我也没有成为真正拥有大海的人。到我写这篇文章的时候，我在威海生活8年了，我从来没有在海滩上把自己晒成棕色的。这里的阳光感情过于强烈，我书房里的一些书都被晒褪色了，因为百叶窗帘遮不严那些犀利的光线。紫外线就是这样一种奇怪的东西，将深色的或鲜艳的物体剥下他的衣服，将浅色的皮肤涂上不需要的重彩。来威海的第一年，夏天过去很久了，我身上还带着一个泳衣的印痕。以后，我再也没有让这种情况发生。我在太阳落进海上的云层时才去海滩。我害怕紫外线给我的脸上刻下更多的斑点。

真正怀抱大海的人，是那些脸上被海风扫出了皱纹，脸常年都是棕色的渔民。他们知道什么时候该涨潮落潮，什么地方有海流，什么地方有鱼有虾蟹，什么样的风和船可以给他们带来收获。他们是一些能深入到海的内部的人。我无法模拟他们。大海不是我的，也许因此，我才被它深深吸引。

我经常和我最好的朋友C去海里游泳。她游得很远，敢于游到深处。后来，她勇敢地只身去了法国。我又有了新的朋友Y，她还不认识我的时候就在电话里说，哪天到海边坐坐。所以，我们成了朋友。在威海最初的那些孤独的日子里，我总是渴望着远方的朋友能来，然后我们坐在海边的沙滩上，哪怕什么也不说。

大海，它是闺中密友相聚的地方。我们看它的蓝和绿和灰，顺便也翘望长天。它让我们成为自我的存在。它从不泄露我们的私密，它只释放疗伤的气息。

它使我着迷的，还有我无法掌握的潮汐。

潮汐来了又去了，开始和结束全在我不知道的时间。我只是在它来和去的过程中，目睹过它向岸上的伸屈。科普书籍的说法让我们知道却并不能理解它的秘密：与潮汐有关的是月亮，却不是太阳。月亮的手拉起海水，像拉起漂亮的绸缎，然后又松开手。周而复始。地球在转动，潮汐在海洋和大陆之间徘徊，摩擦着地球。这使地球的自转每年慢约两毫秒。与此同时，月亮在稳定地退离我们，每年以5.8厘米的速度离我们而去。

这是怎样一种神秘的联系啊，而且蛮荒而古老。潮汐它不敢奔向太阳，它向月亮挥动手帕，它疲乏的力量却推开了月亮。这真是大海的苦刑，是宇宙间的一场精神战争。我们伫立一旁，在涛声中感到了自己的弱小和被遗忘。

也许我们并没有真正的感觉，这只是彼此的一种自然的平等的并列。

这样一个场景也许更能说明这一点。它发生在乡下，大海疲乏地远远地退去，静卧着，像一枚巨大的果实。我从不知道大海可以退让得这样遥远，给我们留下一片宽阔地带。我来的时候，一个五六岁的小男孩独自站在潮水留下痕迹的海滩上。阳光晒着他，大海那样大，沙滩那样大，他是那样小。小小的他望着宽广的海洋。他在想什么？他有怎样的梦想和渴望？与一个整天面对大山的孩子，大海必定给他长远的目力和宽广的心胸。他背对着他的太阳下的村庄。

在威海，有许多小村庄面向大海，与大海平等相对。它们同样存在很久了，相比负荷着太多人为意志的城市，它们保持了更多的一切自然的东西：少有修饰的房屋，打着太阳颜色的朴实的面孔，与大海的潮汐一样不停地循环的日子。一切都是天经地义的样子。没有什么可多想的，一切都是一种状态。

那片海滩上残留的苦水闪着阳光。远去的海水多留下的这片空地，或许正是为了让我更清楚地知道，我们并不能简单地断定事物的大小。从某种意义上说，那个小小的孩子，不比他的村庄，他脚下的海滩，他目光中的大海小。大洋、海滩、孩子、村庄，他们只是依次排列在那里，承接着共同的太阳。

我想我一直没有忘记这幅令我感动的画面，是因为这已经越来越成

为我的一个理想。它首先是物质的。威海三面临海,我现在的住处离哪一面都有20分钟的公共汽车路程,这是一个我感到遗憾的距离。所以,在海边购置一处房屋,让我的目光抚平大海的波纹,或者让那迷人的蓝调慰藉我这颗世俗的心,是我的一个不远不近的梦。我的画家朋友Z在山后的海边盖了一幢小别墅,画室正朝着大海。下午,当他画累了,他停下画笔,举起望远镜向海面上看去,一只渔船从海心缓缓驶出,朝向渔港。他飞身下楼,骑上自行车向渔码头奔去,在那里,他可以买到比市场上新鲜而便宜的螃蟹。但是他现在却去了北京,去看另一个对立的世界,那是另一种精神的需要。

我们很多人都是身分两处的人,不像一个渔民,一辈子守着自己的渔村的宁静,没觉得局限;也不像一个市民,贪恋城市生活的方便和光怪陆离,没觉得疲倦。身分两处的人,是一些能把握自己生活的强者,是精神的求全者,他既要城市中人文生活的充实,也要自然之初的那种恬静的精神境界。我是一个有限的人,我企图逃离城市,把自己像树一样插在自然和文明的交接处。

忽然,我知道自己忽略了,宽泛地说,我其实正是停在一个高度文明的人文世界和平易寂静的大自然之间,威海正是这样一个地方。

有一天,我躺在金海湾国际饭店游泳池边的白色躺椅上看大海。深蓝的海水鼓荡着,预感到一场暴雨的来临。大雨摔打在游泳馆巨大的落地玻璃上,随后,无数的雨滴像无数个拖着长尾巴的蝌蚪,急速地向下游着,弯弯曲曲地,争抢着冲刷着这座文明的建筑。我不知道那从海上飘来的雨是否像海水那样苦、咸和涩,但我知道,它与一座现代物体相遇了。

然后,雨停了,海面上厚重的云层开始打开光明之门,太阳重现,玻璃上残留的水珠闪着点点光芒。这时,玻璃外面忽然出现了一幅美丽的画面,无数的蜻蜓在大海和玻璃之间,平举着闪着西斜的太阳光芒的翅膀,稳健地跃动着。我被这种大规模的蜻蜓之舞震动了,我从未想过,我还可能在一张时尚的躺椅上看见它们,上一次看见它们是很久以前了,在童年的乡村。

一面是古老的原始的乡土的蜻蜓，一面是崭新的现代的国际化的城市建筑，这个下午，目睹了文明与自然交会的我是幸运的，我感到身处它们之间的一种幸福。

大海包容了乌云，褪去它阴森的衣装，重新变得蔚蓝可爱。关于自然，关于世界，关于人，关于宇宙，关于永恒的生活，它有它更为深邃的看法，因为它比任何事物都年老。它有它的语言，就看我们谁能听懂、读懂。

笔直的海平线，像丈量天地的标尺，永恒地横在那里。

至于那太阳，很多年来我都记得诗人马丽华的诗句：

从未相许的是我的太阳

永不失约的是我的太阳

旅途·墓园
——一次私人旅行的札记

1

你可以说，活着就是一次旅行，我现在坐在电脑前敲出以下这些文字也是一次旅行。文字一如脚下的石子，被踢开或者用来沿长一段路，它们的旅途更是变幻莫测。

2

这是我在20世纪的最后一次旅行。为了一个已不在旅途的人。

所有的旅途既是有知的，也是未知的。"11·24"烟台海难近三百个亡灵纸鹤一样在我眼前翻飞，那些中断旅途的躯体沉在黑暗的海底的第三天，与之毗邻的威海下起了入冬以来的第一场大雪，所有通向彼岸的船只，在裹挟着寒流的风中，在世纪末的灾难中，都止息在悲哀的港湾，所以我乘火车绕道而行，从雪出发，到东北边境，到一个有更多雪的地方。

这趟跨越五省区的列车似乎还没有做好过冬的准备，没有暖气，没有热水。乘客都在谈论烟台海难，列车员在倒卖卧铺和红富士苹果。而我在上铺的灯光下看一本流行而有趣的书——《格调》。所有经过过道的人都要向上看我一眼，整个车厢就我一个人这样一本正经，我不知道他们眼神的含义。

灾难和恶劣的天气让我与他们相逢，我们将生死与共。或许什么事也不会发生，我们相逢不相识，沉默到终点，然后各奔前程。因此，我总是停下阅读，想想海难人中活着和死去的人，像他们的亲人那样，把心悬着。

未知的旅途啊，是否像河床规定着水的命运，也规定着行者的命运？修改了路线，是否就修改了命运？在旅途上，一个人的命运是由他自己操纵吗？

我不知道。

熄灯后，我在黑暗中倾听着钢铁的变奏。

3

穿过无知的黑夜，列车把旅行的人送向白天。越来越厚的雪将我的目光引向群山和村庄。

北方的村庄是大致相同的，都是雪地的点缀，犹如人是世界的点缀。有一缕迟起的炊烟在一间屋顶上缭绕，让我想起一个遥远的梦想，缠绕着我整个的童年，那熟悉亲切的感觉，也让我想起自己的来历。

村庄是世界上最遥远的地方，我庆幸童年的梦想早已不是幻影，我在少年的时候如愿以偿，成为边境小城街道上的一个行者。但多年以后，我发现，自己并没有向世界前进多少，一座小城在世界上和一个人的生命中仍是很遥远的。

世界上总有一些东西是我们无法选择的，比如出生，它决定我们落脚到这个世界最初的位置，决定着一个人生命旅程的出发地，从零公里处出发与从千里万里处出发，其过程和结局必然是不一样的。

我们无法超越命运这原初的安排。

我们只能尽己所能，在不一样的旅途上，在责任和命运之间摸索着前行。

家是人出发的地方。我们年岁越长
　世界就变得越发奇怪，死者和生者的
　　模式更加复杂……

这是艾略特的诗句。

是的，曾经的家已经四分五裂。兄弟姐妹都有了自己的家，而母亲长眠地下，剩下父亲一个人在世界上咳嗽着，驼着背。

我们又相聚，用欢愉的心情注释亲情。童年的相互仇视灰飞烟灭，这是逝去的那些岁月的启示。岁月，年轻的时候喜欢的一个词，一层一层积蓄着灰尘，积蓄着苦痛，也积蓄着伤感。

兄弟姐妹的路是各不相同的，一个个个体别无选择地承载着命运的分配。曾经，我们共有一个家庭，共有一个命运，但时间瓦解了我们，时间异化了我们的生命。

我们有着不同的生活品位，但有着相同的对生命的体验。无论有人用高级的玻璃杯喝酒，还是有人用花生酱玻璃瓶喝酒，白酒必然都是辣的，啤酒必然都带有淡淡的苦味。

我们把一个时间留给餐桌,品味着自酿的野葡萄酒,谈论着时间的前面和后面;我们把一个时间留给照相机的镜头,让此时此刻成为彩色的证据,以便足够老时还能辨认。

相聚是世间最珍贵的一种形式,相聚的时候,我们更能体验血脉相连,像雨承接着夏日,像雪绵连着冬天。

窗外,日光在不懈地流转,流向我们看不见的地方,而招摇的雪落在冬的深处,等待着路上的诗人。

4

湛蓝的天,细而挺拔的白杨树,厚积的雪,飘零的柞树叶,以及林立的木碑石碑,构成这里独特的风景。

我喜欢把这里称作墓园。

美国的文化批评家保罗·福塞尔说,这是易于接受广告语的中产阶级的说法,而在童年的村庄,我会和那里的人一样,把这里叫做坟地,但这并不能说明我进入了哪一个阶层。墓园,文学化的一个词,给人以叙述和抒情的无限空间。

在这旅途的终结处,我已能平静地面对母亲的结局。生死两茫茫,三载的时光刷新着墓上的颜色,三个冬天的雪默默地做着一堵墙。三年前那血脉崩断的一刻,结束旅途的母亲就是孤单的,继续旅途的我们也是孤单的。后来,我读到了里尔克的诗:

  我在世上太孤单但孤单得还不够,
  好使每小时变得神圣。
  我在世上太渺小但渺小得还不够,
  好在你面前像一件东西,
  神秘而机灵。

可现在,我唯一能做的就是将一本几十页的纪念性的手稿,一页一页交给火焰。

祭奠的火随风而旋，我默默无语。此时的火是最好的语言，最好的信使，在这样的一堆火面前，叙述最好隐蔽起来，归于尘土，沉到心底。但思想纷纷升腾，瞬息万变。

一只乌鸦飞来了，低沉地叫着。它在墓上盘旋的时候，我看得清它的羽毛。然后，它又飞走了。我不知道它从哪来，又去哪了。它在它的旅途上。它曾在鲁迅的小说里，在人血馒头也没能救下的那条命的墓地上。天下的乌鸦为什么都是黑色的？它们为什么喜欢墓地，喜欢低沉而阴郁地歌唱？它们为什么喜欢死亡的气息？回答我的依然是远处的乌鸦喑哑的叫声。

乌鸦，能理解人类死亡的生灵！它所表达的悲哀像传统的二胡，但在那茫茫大海上盘旋的是一些海鸥幽咽的小提琴般的鸣叫，遭遇海难的人们会听到的。

至亲的灵魂们在远处飘零，在远处向我们活着的人指引着生的方向，我们应该学会倾听，做一个安详而宁静的听者，那声音开掘着生命的深度，历数着生命的珍贵，教我们走出一时的黑暗。

站在他们的黑暗中，你看到的是生的光芒，照亮着生命的旅途。

5

在一个友谊的群体中，一些人灰白的头发是对时间的讼诉，而另一些膨胀的脸和鼓起的肚子虽然可以阐述物质，但仍然是时间留下的印迹。这些明显的变化在我远行者的目光中凸显着，而我只在心里感叹，因为这反映出生命的悲哀。

因为这悲哀是我和他们共同的。

是母亲的去世，让我懂得死亡并不是很遥远的事。而这些可做我长辈的老朋友们已经开始为死亡做精神准备。一位研究过《易经》的朋

友，宣布自己将死于某年秋季的一个上午，地上满是落叶，他在酒桌上与同龄人约定，后走的人要为先走的人写墓志铭。而他离退休还远，年龄与我母亲死时的年龄相仿。

死亡就是这样侵犯着人类，没有秘密可言。但人还是要活着，充满希望地活着，追赶着时尚，探讨生的秘密。

活着的人，离死亡更近的人，一定知道自己该怎样活，知道墓志铭该怎样写，知道谁会去墓园为他献上一束鲜花。在这样一个时代，友谊弥足珍贵。

我将是那献花的人。

但我无从知道，我的墓园将在何处，谁会为我献上一束花。

6

当我从一座办公大楼里出来，不可避免地想起了卡夫卡和他小说提供的意象：一座城堡，一些软性的机器，一些不畅的环节，一些呆板的人影。我就是其中的一个零件，一个梦游般的人，但那是多年以前的事了。

机器在原有的轨迹上运转如常，操纵的人如树叶更迭，一轮又一轮。但他们不是落下，而是升腾了。这是城堡里唯一成功的标志。

奢华的酒宴上，他们不再与远行的人叙旧。他们谈论的是级别、选举、路线、权力、关系……我想到一棵树和这树上的麻雀，叽叽喳喳，争抢着位置，忘记了背后的森林。

到处都有这样的树，到处都有这样一些麻雀，成为新民谣创作的源泉。向上爬的高度是有限的，但私欲是无限的，只是无论一个人爬到哪一个阶层，他都带着他原始的可悲的烙印，对一切美好的事物是挥霍而不是品味。

那些冷漠的灵魂，实际上是受困的灵魂，是急功近利的灵魂，在狭窄的河道上游向遥远的细处，直至干涸而死，尔后一无所有。

他们对我匆匆而淡漠地说再见。这使我更加清楚自己将去往何处。

7

据说怀旧也是一种品味，而我说这不过是一种人之常情。人是唯一会怀旧的动物，越是上了年纪，越是不能免俗。旧书、旧怀表、旧汽车……一切古旧的东西都是旧有岁月的一段幽情。

我在旧书箱中找到了十年前的《读者文摘》和《美术》，找到一些手抄的歌谱和毛笔、钢笔字帖，找到一些朋友的信件，找到更多的一些在今天看来无关紧要的东西，这表明我那时的年轻和有过的激情。年轻一定热爱过什么，热爱过许多的事物。年轻认定生命一定是美丽的，道路是笔直的，人是完美的，世界是简单的。年轻的体验是纤细而敏感的，而仅仅十年的磨损，一个人的情感就千疮百孔了，再也装不住细微的东西。

还剩下什么？

责任，痛苦，忧虑，经验，和一些记忆的碎片。记忆中，黄永玉画了一条弯曲的蛇，蛇说："因为道路是曲折的，所以我长了一副柔软的身体。"可惜我醒悟的时候，已经不年轻了。

梦里醒来身是客，漂游他乡的日子是孤单的，我将孤单地老去，再也找不到那个旧书箱，那时我会说，年轻时的痛苦也是美丽的。

8

这个缺少规划的小城变得密集了，道路上的雪是黑色的，被楼房的阴影覆盖着，一些我熟悉的地方消失在陌生的事物中，我已无从寻找我

少女的影子和一部分青春岁月。那个我还留在故人的意象里，但我与她早已成陌路。

很多的努力是为了挣脱一个小城的局限，局限像规定的动作：你必须常规地活着，保持一副公众的面孔；人不是个体的，私性的，而是些透明的玻璃瓶，瓶内的东西就是小城永不间断的流言；一个人的命运常常被轻薄地谈论，而一颗深沉的心却没有人去测量……

我热爱陌生，从透明的小城出发，我踏上陌生的旅途。

在陌生的地方，人可以毫无负担地去写自己新的历史。所以，一些人又来到了被我离弃的小城，同样有了许多陌生的遭遇。

陌生是一个引诱者，它构成人生的欲望。从熟悉的地方出发，目标是陌生，前程是陌生，结果必然是陌生的。

"为了成为你还不是的人，你必须沿着你还不是的那个人走的道路。"

再见，小城！我将再次出发。

9

在遥远岁月的某一时刻，我们都将老态龙钟，接近旅途的终点。

但没有人渴望一块陌生的墓园。

人类终究还有悲哀，无法左右命运的开端和结束。

剩下的只有旅途，上面有奋斗、等级、住房、消费、语言、精神生活……这是一些镜子，反射着驳斑的光芒，映照着千奇百怪的嘴脸。

我愿意时常停下来，看看身边的大海，在这面巨大而澄明的镜子里，我会更加清晰地看见自己和他人的模样。我会记住真正的人的样子。

人在边缘（三章）

一、背对一个世界

作为一个生命个体，我一直在想我与世界的联系到底有多密切。这种思考缘于一个地理位置对我的影响，缘于我在国土的边缘地带居住的体验。

中国版图东北部一个紧贴在边境上的小城，住留着我多年的生命信息。在那里，我常常爬上山顶，将单薄的身体背对国土，将好奇的目光投向远处灰蒙蒙的地方，那是俄罗斯远东地区的一个边疆小镇，朦胧中偶尔会有一道亮光瞬间闪过，那一定是街上的汽车在跑。而当我回望身后的世界，我却看不见我们那个小城以外的地方。

关于这个小城，我印象最深的是它早期的一些特征：白底黑字用中文和俄文写着的"外国人止步"的木牌，城外四面八方的涂着黄色墙粉的孤独的哨所，还有俄罗斯女人特别耐寒的腿。这里注定是寂寞的地方，一个外人难以进入的城堡。我在这里成长、学习、工作、生活，承受人情世故的磨砺，也承受着寂寞对我青春生命的蚕食。我时常感到自己是被世界丢弃了，正在远离什么。于是每隔一段时间，我就坐上火车，把自己的目光伸向内地，哪怕是几百公里。我必须去聆听世界的声响，去看世界丰富的表情，以确认我属于这个世界。

那一次，我走得很远。在中原司马迁的故乡过中秋，最容易想起唐诗宋词的时候，却发觉那里的月亮很小，在断断续续的云层中漂浮着。这使我第一次想念北国边地上空的月亮，清澈明净，贴近人类，似乎与大地息息相关。当我又乘上火车回到终点，我知道，我已经习惯了边缘的位置、边缘的处境了。

如今，我住在更加清晰的大陆的边缘，住在曲折的海岸线上。这里本是父母的故乡，在那饥饿的年代，面对着没有路的大海，他们沿着世界的边缘，一直向东北走，走到路的尽头就停了下来。不是为了那里的月亮，而是为了那里的土豆。也许正因为如此，我由父母的终点来到父母的起点的时候，内心里有一种亲和感。我背对着一个世界，凝望着边缘的大海，已没有青春时代的遗弃感。

背对着一个世界，我知道，滴滴海水都流向来世，浪花拍打海岸线的声响是我身后世界的回声，无论我沉默着，还是书写着，世界都和我的脚连在一起，我的影子都会投到世界上。

背对着一个世界，我听到了大洋彼岸一个著名诗人的吟唱：

我呼唤人类，
世界于是就回过头，
然后我消逝。

二、在孤独中停留

通常，如果必须要很多人在一起的时候，那么，身处最边缘的那个人必定是我。我的心把我拉进一个默默的角落，满足于被人遗忘。

而每当我坐进歌舞厅的茶座中，被一些彼此寻求相识的人的目光扫过，那响彻心肺的音乐一点点触动我的感觉的时候，那正是我最能体验孤独的时刻。这样的时刻，我不知道那些舞池中晃动着的现代人影与我有何关系，我不能从他们幽暗的面孔上比照出自己的什么东西，我也不知道自己身在何处。

很多时候，我更愿意一个人坐在一个安静的地方，内心踏实地体验诗人里尔克那《严重的时刻》：

听一只鸟在说什么

　　此刻谁在世界上某处哭，
　　无端端地在世界哭，
　　在哭着我。

　　此刻谁在世界上某处笑，
　　无端端地在世界上笑，
　　在笑着我。

　　此刻谁在世界上某处走，
　　无端端地在世界上走，
　　在走向我。

　　此刻谁在世界上某处死，
　　无端端地在世界上死，
　　在望着我。

　　正是这样一个人的时候，许多回忆和联想纷繁而清晰地涌来，我感到快乐，充实。如果人们没有一种共同的话语空间和心灵的相通，那么像蚂蚁一样聚在一起又有什么意义呢？

　　有位哲人说："喜欢孤独的人不是野兽便是神灵。"我们都不是神灵，只是我们作为一个人在人的环境中生存的时候，必定会有一些与正常思想秩序格格不入的体验，那就是相聚的热闹有时也使人烦躁，我们被关爱、被保护、被温暖的同时，也被约束、被搅扰。这时候，站到人群之外去，是一种智者的选择。

　　在人群之外无声地观看，那是一种美丽的孤独。在有人一味地奔走，有人左顾右盼时，我在静默的孤独中完成了一段思想的里程。

　　我看见寂寞的骆驼独自奔跑，我相信孤独的苍鹰越飞越高。

三、站在自己之外

我不知道自己从什么时候开始站在了自己之外。

我不知道人群中有多少人愿意时常跳出自己的躯壳,站在离自己远一点的地方,打量一下自己。

但我知道,我属于这个世界,这个世界却不属于我。我必须把自己翻转过来,清理一下那些陈旧的观念,检修一下那些破损的思想,调整一下那些偏于低落的情绪,以使它们彼此相融,使自己适应这个世界。

事实上,到了一定的人生阶段,我们每个人都要与自我分离的,我们曾经与自己那样水乳交融,混混沌沌地成长着,没有自我意识地生活着,但当命运和责任必须由我们自己承担,我们便自觉不自觉地从自我出发了,向四面八方去拼杀。从此我们很难属于自己,我们一直在路上,直到有一天,我们想起自己还有一个自我。

我们在滚滚红尘中奔波的时候,那个我寂寞着,也荒芜着,远离着。因而红尘中的人走着走着就惶惑了,迷茫了,疲乏了,像是在黑白梦里跋涉。这时候,我听见我对另一个我的呼唤。是的,那是一声声恳切的呼唤。

于是,我走近我自己,翻耕我内心的田地,也许我还能找到一颗遗落的珍珠。我把那些荒芜的语言重新排列,让它们像鸟一样去飞翔。我把那些发霉的梦翻晒,让它风干,永不褪色。让那些寂寞的黑暗也晒晒太阳,让它知道什么是光明。

我走出我之外,带着那些沉默,走向通往大海的街道。

我站在自己的边缘,聆听自己的窃窃私语。这样,无论我停留在什么地方,我总能知道自己的生命在世界上旅行的姿态。

听一只鸟在说什么

阅读的气味

阅读是我此生的最爱,不幸在如饥似渴的年纪,什么也没读到,至多是仰着脖子看了点糊在天棚上的旧报纸和父亲的《毛泽东选集》而已。说起来最早接触文字,是上小学前母亲用粉笔写在炕沿上的我的名字,我只记得白花花一片,分不清个数。后来当然上学了,毫无缘由地,文字像母亲一样令我亲切,仿佛一种气息,一直吸引着我。有时走在街上,看见一块旧报纸,我像见到宝贝一样,赶忙捡起来,扑打一下尘土,边走边看,当然没有撞到过电线杆子,却像是吃到世界上最好的食物,感到津津有味。

所以,我一直认定,文字是有气味的。各种各样的气味。各种形式的气味,可以引申出各种各样的感觉。当然,我说的是纸上的文字。

不同的文字载体,会使阅读产生不同的感受。杂志躺着看才消遣,举在脸前胳膊也承受得起。厚本小说躺着看就有些累,正襟危坐了看也不轻松,所以最好是靠在床头的枕头和被子上看才随意自然,才有小说样的生活味道。而古文,无论多长,都应该好好在写字台前正襟危坐了看,旁边还要备一本古文字典,这样方可领略半壁江山,学得古风古韵。报纸最好是坐在办公桌前或沙发上,无所事事或大忙之后小憩时来读,读多少算多少,也不必记住。

自从有办法、有能力读到这一切纸上的文字,我就是这样的感觉,基本上也是这样的阅读方式。这可能是一种习惯,中年人的习惯,纸媒体主打天下时为我们培养起来的习惯。年青一代的读者不会有这种体味,他们不读书,但不等于他们不读文字,他们更喜欢在屏幕上看见文字。他们与屏幕上的文字没有隔阂。

我并不是一个与电脑有隔阂的人。一旦有了条件,我就改用电脑写作了,因为我怕抄稿之苦。开始,面对显示器的空白,我的脑子里也一

片空白，一个字也写不出，只好在纸上用笔写完，再用键盘敲打出来。渐渐习惯了，可好，现在，我能在电脑上飞快地打下我心中的文字，但面对一张稿纸时，我却一个字也写不出了。我已经不能没有电脑，要是电脑坏了送去维修，我就什么也写不成。可能是电脑写稿的方便让我忘记了对文字气息感受的挑剔。

然而，无论如何我都不喜欢在电脑上阅读。虽然，这比在电脑上写作更方便，想看什么，基本都找得到，不必东跑西颠跑许多路去找，鼠标动一下就好了。不喜欢的原因，累眼睛、累肩膀是一方面，更主要的是，我感受不到文字的气息，感受不到靠着或躺着那样随便阅读的惬意，怎么说也是正儿八经地坐着，端着架子，像读古文一样累人。当然，人到中年，对文字气息的感觉不会像年少时那样敏锐了，再说，有些文字也不必非得去感受气息，比如那些五花八门的新闻和一切理性的文章，更多的，它们没有什么气味。但是，文学作品是要有气味的，不同的作品有不同的味道。隔着一道屏幕，它们却发不出自己的独特的气味，读起来感觉没有差别。我宁愿意放弃这种免费的阅读，依然要花很多钱买书来读。捧读一本书的感觉，一定犹如一个农人站在土地上的感觉。会使人感到一种融洽，一种气息的弥漫，一份踏实。

我认真地想过这个问题，想出一个歪理。电脑实际上是一个信息工具，上面的文字传达的是众多的信息，是不需要气味的。即使一篇文学作品，也是作为一种信息存在那里的，所以，我也就用不着苛求什么了。而一本书，特别是一本文学的书，它的信息作用是微弱的，但它有不可磨灭的强烈的气味。

我对文字气味的感觉当然是一种个人偏见，没有任何科学道理。但什么事都出于根深蒂固的习惯，一些习惯是陋习，一些习惯却是一种美好的怀恋。纸是美好的，纸上的文字是美丽的，我知道自己一生都将是一个纸上的读者。无疑，无论我们的时代和文化发展有多快，在我有生之年，纸是不会消失的，纸上的文字仍会在它周围不断崛起的障碍中发出自己的魅力和影响。我将与纸上的文字共呼吸。

听一只鸟在说什么

在图书馆读书

　　从白花花的刺痛皮肤的阳光下，一步踏进图书馆的大厅，凉爽的感觉立刻水一样包围了我，那一行从小就熟知的大字迎面撞上来："书籍是人类进步的阶梯。"然后，我向真正的楼梯走去，大厅里——尽管它已经不大了，被书画装裱之类的小店占据了一部分，但仍算是大厅吧——回荡起我笃笃的脚步声。

　　我要去的是阅览室。

　　曾经，这样的地方是一个很是让我感到幸福的地方。上个世纪80年代，在一个万多人口的边陲小城，我差不多每到星期天就往图书馆的阅览室跑。而那个小小的阅览室里总是人满满的，有时找到一个空位都很难，现在我能肯定，那个时候，全国各地的图书馆都是如此。我坐在那里，贪婪地看着某一本期刊杂志，心里涌动着文字带给我的美好，以及我对自己未来写作成就的隐隐的预感。偶尔，某份杂志上会有一篇我的拙作，看着那本杂志被某个读者拿去阅读，我的心就突突地跳，我就想，他怎么会知道他读的文字，作者就在他的身边呢？这是一件多么有意思的事啊，那种互不相识的无声的交流，令人新奇和兴奋。有时，我会坐在最后一排，闷头写一篇小说，丝毫不觉得人多的打扰。

　　现在，我走完两段楼梯，来到成人阅览室。我住在一个中小城市里，官方的统计资料上说这里的常住人口是三四十万，可是唯一一个图书馆的阅览室里总是寥寥十几个人，有时就几个人，大片的桌椅都空空的，于文字，这多少有一点凄凉。书架上的杂志，有好几本上面都有我的作品，但没有人去拿那些文学杂志，他们也不知道他们与一个作者擦肩而过，我默默地坐在自己的位置上，既是一个作者，又是一个读者。每个人都相隔很远，零零落落的，所以我不知道他们都在看什么，倒是看到有人很逍遥，身边放着水杯，里面是很浓的茶水。茶水一定很苦，

68

阅读却不苦啊。

我知道，是电视机，是因特网，是金钱，把读者们从这里拉跑了，就是我这样一个忠于图书馆的人，也不是经常来了，我自己买书看，我来只是为了翻翻杂志，我喜欢同时见到很多杂志在一起的那种感觉，那是一种无声的激励。我也是为了感恩而来的，在没有能力买书和杂志的年代里，图书馆丰富了我的阅读，也因为它的存在和敞开，我安然度过我在一个小城的孤独寂寞的青春。

我在座位上翻着杂志，偶尔认真地看一两篇东西。阅览室里有一些声音。我能忍受椅子在水泥地上摩擦的声音，谁的脚不小心踢到桌腿上的声音，报纸和杂志翻页的声音，还有咳嗽声、吸鼻子声、打喷嚏声……但我不能忍受作为管理员的两个女人凑在一起叽叽咕咕谈家常的声音，以及她们接手机的声音，尽管她们还知道把声音放低些。她们近水楼台，却什么也不读。

于是，我怀疑各地的小图书馆大抵都如此吧？

自从在《文汇读书报》上看到两版《法国国家图书馆读书日记》，我就满怀着对那个地方的向往，就像余秋雨《风雨天一阁》中的钱秀云对藏书楼天一阁的向往，法国那四个像一本打开的书一样的高大建筑，真让人想象，在那里面读书，一定更幸福的吧，希望有一天能去那个地方待上哪怕一天。但，太遥远了，从哪方面说都太遥远了。

那就好好待在小图书馆里吧，我相信它在我有生之年会一直存在下去，这个世界变化太快，不断有新事物出现，有很多旧事物消失，有很多悲哀，但图书馆如果消失了，那人类就整体死掉了，尽管阅览室里有很多声音，但这里仍可称得上是世界上有人迹存在的最安静的地方。在寂静里，没有壮观的阅读人数的证明，阅读仍在无声地继续着。另外，阅读的形式发生了变化，但阅读不会止息，永不会止息。

我会是那永久的读者。

听一只鸟在说什么

彻灵街八十四号

　　那是一个我陌生的也许是永远无缘抵达的地方，在读到恺蒂的文章《书缘·情缘》之前，我从未听说过它。而在此之后，我肯定再也不会忘记这个其实已蜕变成一个美好的符号的地方了，在那里，半个多世纪前，曾经发生过两种动人的爱情。

　　1949年10月的一天，美国纽约33岁的老姑娘海伦娜·汉弗，向坐落在英国伦敦彻灵街八十四号的经营绝版书的小书店发出了一封购书信函。她是一个以写电视和舞台剧本为生的自由撰稿人，喜欢珍本书籍，因为在本土难以买到所需要的书，便通过广告，向那个影响了她生命的地方发去了信函和书单子。旧书商弗兰克·杜尔先生从此为她回信，寄书，他是个有妻女的典型的英国绅士，对这位女顾客生动活泼的书信一直抱着正襟的态度，先是不肯按她的要求称呼她"小姐"而是称"女士"，后又不肯按她的要求把"汉弗小姐"的称号改得亲热一些。当时，英国正处于战后的经济困难时期，贫穷却很慷慨的汉弗经常将一些火腿等美式食品寄往书店，她还为杜尔的妻子寄去更为紧缺的长筒袜。英国绅士给她的报答就是兢兢业业地为她寻觅好书，而且终于在一封书店不存档的答谢信中称她为"亲爱的海伦娜"。当然，仅仅如此。

　　如果这仅仅是发生过几次或几年的事情，倒也不足为奇，令人心动的是，故事在海峡之间的时光中整整跋涉了20年，然后戛然而止。1969年1月的一天，汉弗收到来自彻灵街八十四号一封地址和姓名书写方式有所变化的信，当然不是杜尔写来的，是一封通知杜尔死亡的信函。一直向往伦敦却没有路费前往的汉弗内心像纽约的冬天一样，空旷而寒冷。她想起了那些她珍藏着的书信，她想做点什么，于是，她将那些书信结集成册，送到了出版商的手中。没想到此书一经问世，大受欢迎。此后英国也决定在英国推出此书并邀请汉弗前往伦敦，于是，距第一封

第二辑 屋顶间的哲学

信发出整整22年后,她终于来到了她魂牵梦绕的地方。可惜的是,彻灵街八十四号已人去屋空,因为主人的后代无心经营这样一个没有利润的书店,而且整个英国经过文化革命和摇滚音乐的洗礼,已经开始进入激进先锋的年代,她看到的伦敦已经没有了她想象中的维多利亚时代的情怀。不过,聊可安慰的是,她对英国旧文化旧文学的一片痴情感动了英国一部分还在怀旧的人们,她的书不但在那里很畅销,还被搬上银幕。通过电影,更多的人知道了汉弗对书的激情之爱和对旧书商杜尔的精神之爱。

其实恺蒂的文笔也是舒缓怀旧的,所以她笔下的这个真实的故事很富有感染力。一个热爱书籍的终身未嫁的老姑娘,以书为缘,与一位一丝不苟的旧书商发生了长达20年的联系,但他们什么也没发生,却比发生了什么更牵动人心。通过恺蒂书中的照片,我看戴着眼镜的汉弗长得并不漂亮,也许可能还有许多老单身女人的不讨人喜欢的缺点,但她的故事是美丽的,可爱的,对于她,这分明是一种隐痛和永不能弥补的遗憾,可毫无疑问的是,它震撼了读者,特别是像我这样一个同样爱书的女人。

我想,要是汉弗有足够的钱早早飞去伦敦,那么一切都归于平淡无奇了,有时候,惊奇、慨叹和震撼,来自于应该发生而未及发生的事情中,仔细回味,汉弗的故事的魅力却不仅仅在于它的含蓄与缺憾,她的两种执着的情怀,其实可以归结为一种,那就是精神之爱,也正因如此,它才自然如风地延续了20年之久。对于书如此,对于人如此,精神之爱是一种深刻的爱,超越时空的爱。

就是这样,精神是永恒的。彻灵街八十四号那个小书店早就不在了,海伦娜·汉弗也在1997年去世,但是2002年4月,一本《书缘·情缘》的小书问世了,它使很多没有机会像恺蒂一样从伦敦的那条街上走过的人们,了解了一个美国老姑娘以及她的不灭的精神。在秋天,我用我的精神读她的故事。

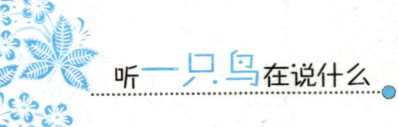

听一只鸟在说什么

路 过 童 年

  瑞典儿童作家阿斯特丽德·林格伦以《长袜子皮皮》系列故事享誉世界，而在2002年1月28日之前，我竟对此一无所知。在这个日子里，94岁的林格伦走了，为读着她的书长大的人们留下悲伤和怀念，也为世界媒体留下一个热点，我正是通过那些热情的文字认识了她。我让出远门的朋友从大书店给我带回了《长袜子皮皮》，朋友以为自己买错了书，想不通我挺大一个人，怎么要读孩子的书？只有我自己知道，如饥似渴的童年时代，那些应该阅读童话的日子，我不过是仰着脖子读了一些糊在天棚上的旧报纸而已。我大概是想给自己的童年补课吧。

  如果我还是一个儿童，我也会像长袜子皮皮的邻居——两个曾经循规蹈矩的乖孩子那样羡慕她的，她一个人住在一个房子里，力大无比，生活自理，生活中出现的一切问题都被她变成一种游戏轻松地解决，她不喜欢在学校里接受那种古板的教育，她带着两个小伙伴经常捉弄那些保守迂腐的大人们，无拘无束，善良勇敢，过着属于自己的快乐生活。那是一个与我们这个世故的成人世界完全不同的世界，对我是陌生的，对现在的许多中国孩子也是陌生的，但让我们充满了向往之情。我开始明白林格伦为什么被称为文学大师，她真的有一种认识和理解儿童的特殊才能，从这种意义上说她永远不老，读她的书，我仿佛是在照镜子，镜子里的我已经太老太老。

  我想我3岁时就已经老了。

  先是非常听话，过了两年就开始照顾弟弟妹妹，乖乖地跟母亲学做各种家务，当有些孩子还在幼儿园一心一意地过着孩子的天真幸福的生活，我早已被纳入成人的序列，开始被一些成人的标准要求着，束缚着，开始担负一些不属于我的责任。这些束缚和责任将我的童稚比别人更早一天磨掉，以致我在后来的岁月里回忆童年，能想起的都是沉重。

童年是我经历过却很陌生的世界，我只是路过那里，而不是走过那里。与其说是回忆，不如说是打量。

遥远的长袜子皮皮向我走来得太晚了，已经无法滋润一个人童年的干涸，那个世界已经无法修补，那是与山与海等量的遗憾。她只是让我知道，那个世界应该是什么样子，童年应该是什么样子，让我更清晰地看到成人与儿童的冲突、隔膜和背道而驰。我们永远也不明白这是为什么。所不同的是，儿童不想知道这是为什么，而成人却想知道，因为这是成人的责任。当一个人走出童年，上一代人的责任也就无法追究了，再以后需要追究的是自己对下一代童年人的责任了，可是我们真的能忍受一个无拘无束、彻底自由与自己作对的童年人吗？有谁能保证自己实施的是自由教育，不再犯上一代人权威性教育的错误吗？幸亏长袜子皮皮是一个幻想中的小孩，是一个儿童偶像，她不是一个可操作的榜样，她是用来满足童年人的心理需要的，而孩子的心灵是那么容易满足。有时，一个成人的遗憾可能不在于童年是怎么过的，是这种精神需要是否得到过满足。我认真想了想自己，正是这样。

这就是童话之于童年的重要。它是蒙昧世界里的阳光，它是单调生活的彩虹，它是敏感神经的安慰剂，一个人的童年离不开这种滋养。这就是安徒生、格林和林格伦们的伟大所在。

2002年3月8日，在斯德哥尔摩的冬日阳光下，送葬的队伍穿过上万人的目光缓缓走过，一匹无鞍的白马陪伴着林格伦的白色灵柩，那就是长袜子皮皮的那匹马吧？这个童话式的葬礼为热爱林格伦的人们留下了最后一个美丽世界。童年就读过林格伦的人是幸福的。林格伦也是幸福的，一个能与儿童沟通一辈子的人，到死都是幸福的。

纸上的父亲

有些书留在我的书架上，代表我走过的阅读之路。

比如《富兰克林自传》。

比如《傅雷家书》。

隔了十几年时间的厚厚的落叶，我仍然记得当年读它们的感觉。我记得富兰克林是把自传写给儿子看的，通篇以一个父亲语重心长的口气，娓娓地对儿子谈着自己的人生阅历和生活经验，不只让儿子了解一个父亲，更给儿子一些必不可少的人生教诲。我记得傅雷在书信中，是将傅聪既当儿子又当朋友来对待的，他既能平等地与儿子谈人生，谈艺术，交流思想，又能以一个父亲的身份对儿子的思想、艺术和做人处世给予指导，一声"亲爱的孩子"，使这个以严厉而著称的父亲流露出了多少动人的柔情！

他们是伟大的父亲。是不可多得的高水准和极富责任感的父亲。我们热爱自己的父亲，但我们绝大多数人都没有这样的父亲。一个普通的为生活而奔忙的父亲的局限性与出生的不可选择性，注定了我们在青少年时代精神上的欠缺和渴望，我们只有通过阅读来补偿。可我读《傅雷家书》的时候，已经是第三版第六次印刷的版本了，那是1991年秋天，我千里迢迢把它从西安背回家，当时已经有近70万人读过或正在读此书。而早在此前的1986年，它荣获"全国首届优秀青年读物"一等奖。不知这十几年成长起来的年轻人，是否还读《傅雷家书》，泡网吧、进迪厅的他们不会嫌它过时了吧？

至于我，我永远把富兰克林和傅雷这样的父亲当作自己的父亲。他们做了我自己的父亲无法为我做到或没想做到的事。他们起到了我自己的父亲无法起到的作用。不管我记住多少他们的话，毕竟我在需要教诲的时候聆听过他们最优秀的指导性话语。

每年，在父亲生日要来的时候，我都要为他汇去一笔钱，我很想给他打个电话，却不知要跟他说什么，遂作罢。我想起12岁那年跟他进县城，他为当时不喜欢吃面条的我换了一个面包；我在外求学时生病住院，出院后他接我回家，那是北方水果正缺的春天，他在火车站为我买了一块很贵的西瓜。这两件事使我确认他作为父亲对儿女并非没有亲情，可在通常情况下，他总是忙自己的事情，儿女仿佛不存在，所以至今我们都没有学会沟通。难道父亲没有什么要对女儿说的吗？其实有些话我更愿意是从自己的父亲而不是从别人的父亲那里听到。但我明白，人都是有局限的，只要认识到这一点，一切都是可原谅的。

幸好我与纸上的父亲相遇。我想，大多数人的一生，是需要两个父亲的，一个近在咫尺，亲切而陌生，另一个远在天边，陌生而亲切，他们用身体和精神的合力，为我们打开世界之门。在我们不再需要父亲的今天和未来，我们将怀念父亲们，自己的父亲，纸上的父亲。

所不同的是，自己的父亲将有一个我们经常去纪念的地方，而纸上的父亲日日夜夜矗立在我们的书架上……

左手，伸给孩子

在我们所知道的久远的年代，人开始游离于普通生物，挺身而立，用脚行走，把手腾出来，伸向陌生而平等的世界，从此人类之手与这世界难解难分。手建造了宫殿，也建造了监狱；手开垦了土地，也破坏了植被；手栽下了鲜花，也学会布下陷阱；手抚平一件事物的皱褶，又给别的事物留下伤痕；手创造财富，也去盗窃财富；手握着一个爱人的手，又放下，再去寻找另一个爱人……

一切都是手干的。

所以，1938年2月12日，一个叫阿贝尔·迪弗热的小伙子在日记中写道：

"一位女顾客带着一个五六岁的小女孩来看我。临走时，孩子受到了一顿斥责，因为她把左手递给我握。我突然发现，大部分不满七岁——懂事的年龄——的孩子，都自然而然地请我们把左手伸给他们。他们出于纯真的本能，知道右手受到了最令人厌恶的接触的玷污，每天都少不了要伸到杀人犯、神父、警察、当权者们的手中……切勿忘记这一课。从此之后，要把你的左手伸给不满七岁的孩子。"

多新鲜的发现！

有那么几次，在公共汽车上，我将没有座位的小孩子抱在膝上，男孩或女孩。在陌生人的怀抱里，他们竟然将自己的小身体无所顾忌地摊开，选一个舒舒服服的角度倚躺着，向我传递着纯洁无限的信赖。那种稚嫩和柔弱，微风般毛绒绒地拂过我的心地，我感到了我们这一代人的责任：

养育他们，给他们一切美好的东西；修正自己，给他们竖起一个永恒的路标。

但是，我们都明白，这个世界早就不是人类用手触摸之前的那个完好无损的世界了，也许整体上还是天堂，每一部分却都同时深藏着污垢、野蛮、罪恶。它们构成世界的背面，一旦有机会扭曲、翻转，就会耗散我们全部的勇气和信念，时间和力量。我们无法保证自己就是一个胜利者，即便是胜利者，我们的手也不再洁净。

用左手书写日记的阿贝尔·迪弗热，在那不久被征召进入法国军队，在二战的图景中，他被罪恶追逐着，对罪恶无时无刻不在进行着哲学意义上的思考。但这种个人的思索不可能挽救什么，在战争即将结束的时候，他带着一个被遗弃的儿童，在逃亡的途中，陷入一片泥沼，黏性的力量将他年轻的生命彻底覆盖。他终究没能走出那个被作家称为患了"恶性倒错症"的时代。我们不认识这个年轻人，我们甚至不能肯定真有一个叫着这个名字的人，但在不同的年代不同的地方，都有这样的

年轻人,向活着的幸运的人们,无声地阐述着人生的无奈、无望、无助、无求。

至于阿贝尔·迪弗热,他是法国作家米歇尔·图尼埃的长篇小说《杞木王》的主人公。在这部以哲学思想来建构的作品中,作家试图唤醒人类的抗争意识,呼吁人们保持正义和善良的原始品质。战争最容易让人们丢失这些东西,而在一个相对和平的现实环境中,保留这些东西也并不是一件很容易的事。破坏比建设快,失去比得到快,受伤比愈合快,花谢比花开快,我们从小被教之使用的右手,来不及躲避什么,但我们的心和脑一定记得自己的位置。

对于这个世界,我们既不拥有过去,也不会占有未来,过去属于祖父辈,未来属于子孙们。我们只能在近在咫尺的现在,把手从父辈的手中抽出,再伸向只朝未来迈进的孩子。他向我们伸出了左手,纯洁的小手,我们怎么忍心把右手伸给他?

把左手伸给孩子,这是我们的责任。

屋顶间的哲学

在一百五十多年前的巴黎,"屋顶间"是"贫民窟"的代名词,因为它在楼房的最顶层,夏暑冬寒,又没有电梯,有钱人是绝不肯住的。自然住在上面的穷人不知有多少愁苦和无奈的叹息。然而有一个人,"他在那使我们社会苦恼着的变动和野心的寒热病当中,毫不反抗地继续接受他在社会上的卑微职务,并且还保持着对利禄的淡泊。"他从他的屋顶间俯看着社会,思考着人生,尽管有时,一只熄灭了的火炉和一扇没有关好的门所造成的寒冷,也会改变他的观点,使他的心情变得暗郁起来，但他总能以爱和同情的目光，去看待一切事物，去感悟芸芸众生的生活，并以高尚优美的文笔，记录了普通人的生活和他自己的哲学思考，在默默无闻中无忧无虑地睡觉。这就是法国作家梭维斯特笔下的那个穷苦的哲学家。

《屋顶间的哲学家》是梭维斯特最有名的一本书，是一本叙述巴黎一位穷苦哲学家的遭遇和感想的日记体小说，但我觉得，我们更应该把它作为一本优美而深邃的哲学书籍来读。因为这本书正像译者黎烈文所说的，"能使我们学会反省、容忍、牺牲……尤其是任何时代的人类都不能缺少的两种基本德性：爱与同情。"我不知道在这个物欲横流、人心浮躁的时代，这位穷苦的哲学家安贫乐道的精神是不是很遥远很落伍了，但我知道，如果我们不能或者不肯随波逐流，蝇营狗苟，那么我们是很需要这位哲学家那悲天悯人、恬淡谦抱的人生观来减轻痛苦的。

我是在街边的一个小花园里开始阅读《屋顶间的哲学家》的，那是一个鲜花初放的日子，我却是带着"屋顶间"阶层的烦恼和痛苦骑车冲上街的，没想到在书店里有了这样一种邂逅。我在花园里坐下来，一些不知名的植物和花树过滤了一部分城市的喧闹，使我感到自己是坐在书房里，而那些声音像是在窗外。我知道，是那个贫穷而豁达的哲学家使我平静下来的，于是，我以平静的心情去看街上的人群和车辆，想起了刚刚翻过去的一页："独自混在这些满面春风的人群里，我毫不感到孤独，因为我有着他们快活的反映；这是我那人类的家族在享受着生之乐趣；我从他们的幸福里取得兄弟似的一份。我们都是这尘世战斗中的战友，奖赏与胜利归于谁又有什么关系呢！"我不免要想，在那繁闹的街上，一些人坐在小汽车里轻松地赶路，一些人手持月票挤公共汽车，而我每天骑自行车爬大坡，在我的前面或后面，还有人在艰难地蹬着三轮车。谁是胜利者，什么东西是奖赏呢？我听见书中的哲学家说："事物本身往往是什么都不值的；只有我们寄托上去的观念才给它们以价值。"我发现，如果我们都能用哲学家的目光看待事物，我们的心情是很容易快乐起来的。

问题是，茫茫人海、芸芸众生里面有多少人是哲学家呢？大多数人

的感知是停留在事物的表层上面的，人们或受到平庸生活的困扰，或无可奈何地体味着生活的艰辛，很自然很容易地向往着那有可能改变不佳生活状况的权势和荣誉。对此，屋顶间的哲学家讲述了父亲与卢梭的一次相遇，在那次相遇中，父亲了解了卢梭成名后的遭遇并亲眼看见路人对卢梭的指指点点。卢梭向这位正读着他的书的人发了一通精辟的感慨后说："再见吧，先生，您最好一直记住您曾见过卢梭，并且因此懂得名望究竟是个什么样的东西。"哲学家的父亲并没有做什么结论，他喜欢在他讲的故事中包含着教育，是哲学家后来自己弄清了答案："我现在觉得名誉和权势，是一种代价很高的赐予。并且，假如它们绕着灵魂发出一些声音的话，大部分时候，正如斯塔爱尔夫人所说，这两件东西都'只是幸福的一种热闹的丧仪'而已。"

然而，人总要有他的生活方式的，命运的不同使人类的生活方式相互之间有着很大的区别，但无论怎样，我想人类应该学会运用爱、关怀、悲悯、豁达、快乐这些情感，因为正如贫苦的哲学家所说："情感使我们人类在世上另有一种存在；亏着它，我们才享受着一种尘世的不朽，而当其他生物都是'世代交替'时，只有人却是'一脉相承'的。"

其实我知道，人类生活中很多问题都很古老了，19世纪中叶住在屋顶间的哲学家思考的问题，到了20世纪末依然有人在认真地思考，这说明生活是永恒的，哲学是永恒的，它们也是"一脉相承"的。需要正视的是，我们究竟有多少勇气来抗拒世俗，有几度心胸来容忍命运的不公，又有多少宁静的时刻用来反省自身的浮躁？

夜深人静时，我扪心自问：我能否在默默无闻中无忧无虑地睡去？

听一只鸟在说什么

第三辑

迷宫怀想

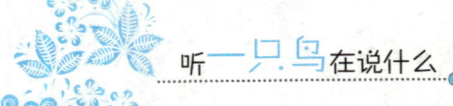

遥想梭罗的小木屋

那是一个寂寞、恬静、充满智慧的地方。

那是一个自然、简朴、淡泊、自由，给现代人以艺术想象的地方。

我知道，那里现在很热闹了。棕色的小木屋门前横立着一块棕色的木牌：欢迎到瓦尔登湖州保护区，开放时间：上午8时到日落。

日落之前，世界上所有的地方都是热闹的，特别是春天。在地球的另一面，一个北方小城，在梭罗时代之后一个半世纪的又一个春天，我先是看见我居室窗下的两株柳树柔软地摇摆起来，转黄，又开始转绿，然后我看见对面楼上有人家在换铝合金窗，一些陈年的玻璃被打碎落地，破碎的声音尖锐地划过空气向四周放射。紧接着，我居室的楼上楼下的人家开始叮叮咣咣地响起了锤击声，他们在用美丽的材料装饰房屋之前，必须把墙壁、地面剥去一层。这些锤击的声音像鸟鸣一样每天早早就响起来，但显然不是鸟鸣般的优美动听，它使人身心悸颤，烦躁不安，最后只好逃出家门。

就这样，我想起了那个小木屋。

1845年3月底的一天，在美国马塞诸塞州的康科德城，28岁的梭罗借来一柄斧头，走进瓦尔登湖畔的森林里，开始砍伐一些箭矢似高耸入云的白松。"那是愉快的春天，人们感到难过的冬天正跟冻土一样地消融，而蛰居的生命开始舒伸了"。到了夏天，瓦尔登湖畔那个著名的小木屋诞生了。从此，梭罗生活在"更靠近了宇宙的这些部分"，更挨近

了历史中最吸引他的那些时代，远远地离了喧闹和骚扰。他观察着，倾听着，感受着，思索着，记录下了从自然界得来的经验和思想——《瓦尔登湖》，这不是关于隐士的颂歌，而是梭罗站在自己的栖息之所为唤醒日益物质化的人类的柔和乐曲。使我们与梭罗相识的老作家徐迟说，读这本书，一定要先把心静下来，在黄昏，在深夜，或在山清水秀中。

然而，就像严重的污染才使人们向往瓦尔登湖和山林澄净的清新空气，正是周围那些接连不断的敲击声，才使我再次翻开了《瓦尔登湖》，它使我不必逃离家门也能闹中取静。我突然被它唤醒。在这个热闹的春天里，我看到了人类是怎样像梭罗所说的成为他们的工具的工具，不再是"大自然之中的一个过客"，"独立自然地，饥饿了就采果实吃的人已经变成一个农夫了；而在树荫下歇力的人已经变成一个管家"。这个时代较之梭罗的时代有了更多的不同，变得更加物质，更加喧嚣，而人们的生活却越来越相同，那就是共同受到物质的驱使，瓷砖、大理石、纤维板、铝合金……这些冰冷理性的材料让使用它的人花费了更多的钱财，它们隔绝了泥土，也隔绝了人类与自然的联系。

可是，另一种声音会说，这是社会的进步，是文明改善了人类的生活条件。这话不错，梭罗活在今天也会同意人们这样说，"但文明改善了房屋的时候，它却没有同时改善居住在房屋中的人。文明造出了皇宫，可是要造出贵族和国王却没那么容易。如果文明人所追求的并不比野蛮人追求的来得更加高贵些，如果他们把大部分的时间都只用来获得粗鄙的必需品和舒适的生活，那么，他们何必要有比野蛮人更好的住房呢？"这也是梭罗的声音，穿过一百五十多年的尘埃，依然像湖水纯洁透明，像山林富有生机，倒是现代人的内心遮蒙着太多的红尘。

无论怎样，今天的我们已不大可能像梭罗那样去生活。一个半世纪以后，世界发生了更多的改变，生活在都市的人，很难有一块自己的土地，我们也不能随意砍伐森林中的木材了。就是梭罗也没有做得那么彻底，他是在爱默生的林地上才付诸了自己的短暂的理想，而且两年多以后，他就又回到康科德城，成为一个"文明生活的过客"了。

是的，我们注定是文明生活的过客。我们被物质和喧嚣包围着，所能找到的宁静而纯洁的地方越来越少。但是我们为什么不能在内心营造一片挺拔高贵的林木呢？春天的时候，我们将在心中的林地上砍下第一棵树做建筑材料，筑起真正属于自己的小木屋，像梭罗那样，分析生活，批判世俗，找到适合自己的生活方式。那同样应当是寂寞、恬静、充满智慧的一间屋。

一切事物都是从春天开始的，我们动手吧。

一扇窗玻璃的两面

很多年里，我都没有想起读一读它，阿斯塔菲耶夫的《鱼王》。它在我身边大约有十几年了，出版于1982年，定价一元六角，想想时下那些动辄十几元二十几元的文学垃圾，这本书真让人激动。我再次打开它。上一次打开它是几年前，没有读完，那标记着下一次起读的折页已经无法抻平，但碳素墨水划过的痕迹清晰得就像今天早晨刚刚划上去的。我再次读了那些划过的句子，有一个意象其实我从未忘记：

"一个右手封在石膏里的男孩子用左手把蚊子撽死在窗上。窗玻璃的一面淌着红色的血滴，另一面却是明澈的雨滴。它们顺着玻璃流着，轨迹有重合的，间或曲折相交，但是血的污流和雨水的清流虽然交叉重叠，却相互冲刷不掉，玻璃上的这幅意象使人不由得想起某种难以理解的颇有凶兆的生存之谜。"

作家笔下这一小镇车站候车室里的狭窄的情景，令人的思绪进入社会、历史、人生的广阔领域，也许还要想想生活的危机和严酷。

我不由地向窗外看去。紧贴在窗口的是一个阴沉的天空，远山远楼都罩在看上去颗粒很粗的雾气中，雾气还隐约泛着黄色。这样的天气已经持续两三天了，天气预报说，更北的地方在刮沙尘暴，我能想象那些沙尘被雨滴带到那些不幸的人们窗玻璃上的情景，灰黄的，鱼鳞一样模糊了一面透明的墙，而玻璃的里面是因降温而凝结的清澈的水汽在缓缓地往下流。那应该是大自然与人的一种对话方式吧。大自然只好走到人的窗前，来敲醒麻木沉睡的人了。

阿斯塔菲耶夫是一个较早就醒来的人，也许他从未沉睡过。他与大自然是血肉相连的，所以他作为作家，没有一旦成名后就背离乡土，他在他故乡的窗口把握大自然的脉搏，思考人与自然的关系。他的感受和忧虑在厚厚的一本《鱼王》中，那还是20世纪70年代初，他已经感觉到大自然呼吸的艰难和人与自然关系的失衡，他意识到当我们以为自己是在改造一切时，其实我们也是在破坏、损害、践踏、摧残；人在贪婪自私的掠夺心理恶性膨胀的同时，既丧失了对自然的爱，也必然会丧失人性；一切破坏践踏大自然的完整、宏伟和完美的恶行，必然要导致人的品格的堕落，也不可避免地要受到惩罚；在现代技术条件下，一个微小的举动就会牵动千百万人的命运，人与人，人与集体，人与劳动，人与社会之间的关系都发生了变异……在这里，我们看到了一个先知先觉的作家那颗不安的心，我们也能感觉到他对布满伤痕的大自然的心痛，而在那个年代，无论是在俄罗斯还是在中国，作家们都在讴歌改天换地的热火朝天呢。

《鱼王》体现出一个好作家的品质，体现出他的深厚和博大，它的基调也像一块玻璃的两面，一面是作家对大自然、对人的爱，一面是作家关于人对自然的掠夺的痛心和剖白。没有谁像阿斯塔菲耶夫那样用心地感受自然的苦痛，甚至柳叶尖上的一滴露珠的凝敛不动，他都以为是它因害怕自己的堕落会毁坏这个世界。他强调大自然变幻无穷的美，只有在它的"生身之境"才能保存下来。他是真正的自然之子。比较而言，我们这些只是偶尔到自然中走走的人们，对自然发出的短暂感叹真是太肤浅了，甚至有些敷衍的意味，我想那是因为我们躲在城市里，不自觉地把自己与大自然分裂开了，忘记了自己的出处。我们在城市里被异化了。

城市的玻璃窗越来越丰富多彩了，茶色的，绿色的，蓝色的，灰色的，它们美化了城市的面容，也阻挡了阳光的脚步，而玻璃窗内的人们却仍能看见窗外招摇的绿树和沉默的远山，能明白大自然用颜色进行的呼唤。但是，我们被窗内的现代化、物质化的生活诱惑着，羁绊着，难以自拔，这意味着人类将继续为日益疯狂的现代生活付出代价，也意味着人类对自然的关注的滞后，这正是现代人生活的对立的基调，这恐怕是阿斯塔菲耶夫也无可奈何的事了。他写了与他血肉相连的东西，却让我们共同感到了忧虑和痛楚，可惜不是所有的人都能来读《鱼王》。

灰 与 绿

　　曾经那么喜欢黑，喜欢白，喜欢一切素淡的颜色，在不该这样素淡的年纪。

　　如今，我家里的布窗帘、百叶窗帘、布包的沙发以及床单，都是以绿为基调的。走在城市的柏油路面上，不管多么匆忙，有时我会放慢脚步或干脆驻足，因为我的目光已迟滞在一片绿茵之上。

　　喜欢绿色，是一个人疲惫的开始。

　　疲惫缘于生活中的一些灰色。

　　因为长期的劣质睡眠的困扰，我很注意搜集睡眠的方法。一位每天只睡三个小时的日本专家说，他从不用洗涤剂洗碗，这东西无论怎么冲洗，都会残留在碗上，它会直接导致人的疲劳。洗涤剂是灰色的，日常生活中的许多东西都是灰色的，洗衣粉、味精、色素、煤气、电器辐射，还有我们脚下的水泥地、柏油路，还有路上的汽车废气，还有我们的紧张或忧郁的心情。

我们在靠灰色的技术活着，而这不过才是日常生活中的人的一些小体验而已。已经有人经过并且还将有人会经历一些更为可怕的东西：战略轰炸机、原子弹、核子武器、生化武器、对DNA的扭曲……人类在未来的岁月里是否能恰当使用这些东西而不丧失理智？这不只是一个平民百姓的忧虑，更是一些科学家的忧虑。

所以，美国的物理学家F.J.戴森说："我们所承担的一切事务，不论在地或在天，都有两种方式可供我们选择，我称之为灰与绿。"

这位被称为"与主流成90度角前进的人"，早在上个世纪70年代末，就写出了《宇宙波澜》这部充满科学、浪漫与人文关怀的著作。在这部著作快结束的时候，他这样比喻灰与绿："工厂是灰的，公园是绿的；物理学是灰的，生物学是绿的，铈元素是灰的，马粪是绿的；官僚政治是灰的，先民社会是绿的；自我复制机器是灰的，树木与儿童是绿的；人类的技术是灰的，上帝的技术是绿的；克隆是灰的，克累得（与克隆相反）则是绿的，……军队的战场手册是灰的，诗篇是绿的！"

不过，戴森也承认，灰与绿的抉择是一个窘境，因为绿色的技术漂亮但太昂贵，灰色的技术便宜，却更能满足我们这个世界的物质需要。

如此，我们这个世界又如何不累？整个人类疲惫了，地球也疲惫了。于是艰涩的人类双眼望向了远阔得无边无际的宇宙。可是宇宙飞船也是灰色的。关于那个遥远而迷茫的地方，文学的想象是绿的，科学的想象是灰的。

但是，戴森的想象是绿的。

这当然不是像中国的嫦娥奔月那么简单，也不是像意大利作家伊塔洛·卡尔维诺想象的那么简单，他的科幻小说《宇宙奇趣》里的人物，每当月亮圆起来离地球最近的时候，就划着小船，划向月亮，然后搭上一个梯子，人就翻到月亮里去了。文学这种绿色的想象，从来不细究真正的可行性。这在戴森可绝对不行。他为人类移民指出的太空生活，可不是像有人想的那样，住在一个玻璃罐子里，他是要让人和动植物都能自由地亮在强劲的宇宙风里，为此，一切生物恐怕先得通过绿色技术改变皮肤和眼睛，以使人适应星辰风并在超新星残骸中垦殖花园。当人类遍布整个银河，那么银河也是绿的了。

整个一个宇宙都是绿色的，天地的前景这样烂漫，我想戴森也未免太野心了，他不相信人只是宇宙的过客，他说人不是观众，而是宇宙戏剧中的演员。这是一个浪漫科学家的胸怀。不过我还记得他在谈到太空移民前说过，这不是解决地球人口爆炸的最佳途径，地球上的问题要在地球上解决。

这倒是一个很现实的做法，在人类还没有让自己制造的灰色技术毁灭之前。

失传的生活

有一种生活已离我们远去。

用木材建塔、造船、做桶和盆，用柳条和植物皮编织衣箱、簸箕和筐，用椴树皮和芭蕉丝织出美丽的衣服，用烈火和敲打制作铁锹、锄头和镰刀……这些"经过人与人之间的磨合与沟通后制作出来的物品，使用起来是那么的适合自己的身体，还因为它们是经过'手工'一下下地做出来的，所以它们自身都是有体温的，这体温让使用它的人感觉到温暖。应该说手工业活跃的年代，是一个制作人和使用人同生活在一个环境下，没有丝毫的虚和伪的年代。"

在那些温情的物品日渐稀少或不复存在后，日本作家盐野米松的怀念、发现和表述，同样是令人温暖的。他是怀着一颗憧憬和向往的心灵，隔窗观望过匠工们做活的众多孩子中的一个，也是为这些职业不复存在而深感遗憾的一代人的代表。读他对传统手工艺人的访谈《留住手艺》，我仿佛听到了从前的绿野的回声，闻到从绿色童年的生活里泛起

的山地气息。没有人怀疑，那是一个纯真的年代。

于是，我自己的生活中一些久已忘却的声音，穿过厚积的岁月回来了。那是外祖父在鸡鸣狗吠的院子里，在一截铁轨上敲打洋铁的声音，在叮叮当当的敲击声中，被外祖父裁剪过的一张白铁，变成了洗衣盆、水桶、水瓢。那是十五六岁的弟弟，在一间破屋内，在木案上刨一截木板的声音，刨子哧哧地划过木板，吐出一卷卷漂亮的刨木花，他的第一件作品是一个小矮凳，18岁，他给母亲做了一个大立柜，那曾是父母的骄傲。

十几年后，外祖父老了，在城市里荒废了他的手艺，度着难以确定的余年。那些他敲打着洋铁的日子，就像我们的其他日子一样平常，那时我还太年轻，对这一切没有丝毫的警觉，从没用文化的目光去挖掘这民间手艺的真谛。而弟弟做的大立柜还很结实，但母亲不在了。弟弟没离开他的手艺，可日子并不怎么好过。想到这些，我的从未轻盈过的心灵只有沉重，阴影遮蔽了审美情愫，余下的只是怀旧的伤感。

我忽然想起自己小时候不是也跟母亲学过刺绣和织毛线吗？一切都远去了。人类好像很乐意接受更便捷廉价的现代工业物品，而忽略传统手工物品的内核价值。这一切始于产生工业的城市，城市里所有自然化的角落，一天天被灰色物质替换了。城市生活中，我们所能见到的最多见的手艺大概就是装修了，那是木匠、瓦匠、油漆匠的分步表演，我看着木匠给我打的衣柜、书柜和电脑桌，还真的时常想起他呢，可这些东西又被油漆匠涂上了一层化学的物质，人与人沟通的那点温馨便隔了一层。

留住手艺，那绿色的手艺，最终不过是一种焦灼而徒劳的呼唤。

盐野米松做了他想做该做的事，但一个作家或几个匠工又如何抵得住世界物化的潮流？某些手艺注定要失传，最早最彻底的是打猎，然后是农耕时代人直接与自然交流的劳动和温馨的成果。前进需要不断地丢弃一些缓慢的东西，尽管它很美好。人类已经无法在一个良性循环的生态圈中保持自身的平衡，世界越来越快地向我们呈现陌生的样子，有些事物，我们想留也留不住。

能挽留的，大概只能是这些事物的美好投影，那是人与人的合作，是真诚，是趣味，是沉静，是一个人对另一个人的责任态度。

但这些人类柔情的部分将面对这样一个事实，那就是它们与现代化社会调和的艰难。这就是现在的我们和未来的我们的处境。

疼痛时，我不再诅咒

有一种知觉独一无二。它不像味觉那样蔑视时间，使你久入芝兰之室而不再闻其香，也不像触觉那样随和，使你的皮肤很快适应粗糙的布料。它是忠诚的，犹如忠言逆耳，使你很不愉快，甚至痛苦不堪，但是它像一条狂吠的狗急切地撕扯着你的衣服，它撕扯着你的神经，告诉你危险的存在。

它的名字叫疼痛。

于是，我们一边诅咒着这令人憎恶的感觉，一边去了医院。而当疼痛消退，我们大都很难回忆起疼痛的面孔，我们感谢医生，却很少有人感谢疼痛。

这就是著名的保罗·布兰德医生和他的合作者菲利浦·杨西通过《疼痛——无人想要的礼物》一书想要告诉人们的事情。

通过布兰德医生，我深深地记得这样一段话："我是一个可以辨识的人，至少有着一整套正常的手脚；然而又可能是一堆非常不体面的废物。不公正的是，我正在被秘密地排挤出这个社会生活。"这是一个麻风病患者说的话，凄凉而富有深意。而布兰德医生正是一个热切地改变这一切的人，他发现麻风病人手脚不断延伸的腐烂、坏死，是因为病人没有疼痛的知觉，没有疼痛的保护。他在向我们讲述迷人的生活故事

时,也向我们揭示出了疼痛的秘密,他以一个学者、探索者和哲学家的洞察力,引导我们走上认识疼痛的新思路。他说:"我并不希望、甚至不敢想象无痛的生活。因此,我才接受了这一挑战,试图恢复我们如何对待疼痛的辩证态度。如果我手里握有权力,能使肉体的疼痛从世界上消失,我也不会运用这种权利。经常与失痛的病人打交道,使我深信,疼痛也能使我们免遭伤害。"

在阅读《疼痛》一书之前,我正是一个从未对疼痛表示感激的人,因而布兰德医生的疼痛哲学对我是全新的。原来有一种感觉要忍受,如忍受一份黑夜,忍受一个朋友;有一种感觉像尖叫,需要我们格外细心地去倾听,需要我们立刻去关注;有一种感觉是孤独的,私人的,它让你学会以无痛的意识去关怀痛苦的表情。

关于疼痛,布兰德医生已尽了全力,无论是手术刀的表述,还是文字的表述,都是优秀的,权威的。可是当我看到《疼痛》这个书名的时候,不知为什么,我免不了要去想象心灵的疼痛,我知道这不是布兰德医生的事情,但我无法改变自己的思维方向。我想,心灵的疼痛一样适用于布兰德医生的疼痛哲学。它比肉体的疼痛更为孤独,更为私人化,它没有药物可治疗,它在时间中褪色,淡化,它使一颗曾经疼痛过的心发生质的改变。

生于这个磕磕绊绊的世界,人的一生难免要受到一些碰撞,被强塞给一些疼痛,肉体的,心灵的,是否将它作为礼物看待,取决于我们身体的终端——意识。布兰德医生还告诉我们:"人类的意识处于优势地位,这就是我们能够戏剧性地改变疼痛的原因。"

意识是我们超越疼痛的工具,当我们挥舞着这一工具开掘我们承受的深度,你会蓦然发现,我们的神经和心灵是如此绵长宽广,生命在那里宁静地显露自身。

听一只鸟在说什么

人是一根能思想的苇草

　　帕斯卡尔是一根脆弱的苇草，39岁就折断了，枯萎了。

　　但是，这太短的39年里，他干了很多的事情，哪一件都很了不起。他提出了几何学上的帕斯卡尔定理及三角形和物理学上的帕斯卡尔定理，他创制了世界上第一台计算机，他制作了水银气压计，他还是概率的创立人之一……科研和读书的间隙，他把他的思绪随时写在大页纸上，然后有一天，他把这些纸裁成小条，按内容归纳排列成书，这就是《帕斯卡尔思想录》。

　　这本书已经诞生了300多年，可是第322年我才看见它的真正存在。在帕斯卡尔之前，有培根，有蒙田，但他最后一个为我所知。与另外两人相比，他必须最后为我所知，因为没有思想的积淀，就无法接近他。我们很早就能读懂《培根论人生》，再过上一些年才可以读懂《蒙田随笔》，而《帕斯卡尔思想录》的姗姗来迟是一个定数。这三部西方三大经典散文，最后一部最耐人寻味，只有它能陪你到阅尽沧桑和人情的老年。帕斯卡尔说出了我们虽有感悟但永远也说不出的东西。

　　他说："人只不过是一根苇草，是自然界最脆弱的东西；但他是一根能思想的苇草。用不着整个宇宙都拿起武器来才能毁灭他；一口气、一滴水就足以致他死命了。然而，纵使宇宙毁灭了他，人却仍然要比致他于死命的东西更高贵得多；因为他知道自己要死亡，以及宇宙对他所具有的优势，而宇宙对此却是一无所知。因而，我们全部的尊严就在于思想……"

　　就这样，帕斯卡尔用一串串精神的记录证明，他是一根最有尊严的苇草。这个体弱多病的人，就像芦苇在风中打摆，但在思想中，他有着哲学家的坚定。他在科学中和哲学中，在世俗生活中，探求人的现状、世界的真理和人生幸福问题。他是天才的标本，不为几百年的

光阴稍有逊色，一代一代的人认知他，接近他，通过他而更明了自己和周围的世界。

他是一位思想的斗士，毫不妥协地说出世间的一切，向我们指明人是为思想而生存的事实，"而思想的顺序则是从他自己以及从他的创造者和他的归宿而开始"。但他遗憾地看到，世人很少想到这一点，人们只是想到物质享受、娱乐、赌赛，"想着打仗，当国王，而不想什么是做国王，什么是做人"。300多年后，这一切有什么重大的改变吗？没有。所不同的是，现代人不想打仗，不想做国王了，人们想得更多的是钱，是色，是名，是国王以下的官位，是一切虚浮而功利的东西。"我们是如此之狂妄，以至于我们想要为全世界所知，甚至于为我们不复存在以后的来者所知；我们又是如此之虚荣，以至于我们周围五六个人的尊敬就会使得我们欢喜和满意了。"我们不只是一些脆弱的苇草，我们更是一些平庸的苇草，是深深地沉湎于世俗的苇草，湿漉漉的叶片坠满了简单而低层的欲望。也许，这是普通的芸芸众生不可超越的命运？

因而我们这个世界需要哲学家和思想家来澄清一些迷惘，毕竟不是所有的人都满足于人生表面的光怪陆离和虚华。我庆幸自己还算是一个热爱思想的人，我不喜欢没有思想的文章和艺术，不喜欢没有内涵的任何东西，我向他们学习思索，在他们的书中检验自己的分量。人们在想，思想是多么累人的一种生活啊，可不管它由于本性是何等的伟大，也不管它由于缺点是何等的可笑，正是它使我们有别于其他动物并持有一份尊严。

既然人是一根脆弱的苇草，那么思想的纤维不是可以让这苇草结实一些吗？

扛铁锨的人

遥远的新疆，有个叫刘亮程的人。

他用《一个人的村庄》一书，证明他是一个令人耳目一新的散文家。但在《一个人的村庄里》，他是一个整天扛着一把铁锨的农民。

他说，铁锨是个好东西，是世界伸给他的一只孤手，必须牢牢握住它。他整天扛着一把铁锨在村庄里转来转去。他用铁锨处理一些农事；累了时用铁锨铲出一个平坦的"床"躺下；走路时用铁锨铲去挡路的荆棘；闲时用铁锨挖下一个坑以改变一只小虫子的道路……

在这些过程中，他漫不经心地发现，"所谓永恒，就是消磨一件事物的时间完了，但这件事物还在"；"任何一株草的死亡都是人的死亡，任何一棵树的夭折都是人的夭折，任何一粒虫的鸣叫都是人的鸣叫"；"骑快马飞奔的人和坐在牛背上慢悠悠赶路的人，一样老态龙钟地回到村庄里，他们衰老的速度是一样的"；"一个人走过一些年月之后就会发现，所谓的道路不过是一种摆设，供那些在大地上瞎兜圈子的人们玩耍的游戏。它从来都偏离真正的目的……"

这是一些用铁锨挖出来的哲学，是旷远寂静的土地上的哲学，是自然之子在平等的时间和生命中从容体验出的哲学，一如他挥舞铁锨的劳作。所以，这是一些滴着汗水的哲学。我仿佛看见一把铁锨正插在田间，对世人发出无声的呼唤，因为我们久已看不见劳动的人了，到处是插着手闲逛却享受一切的人，到处是焦灼和烦躁地奔来奔去，捞取各种好处的人，他们的文章、他们的荣耀、他们的内心对这个世界没有一点新发现，他们缺少一把使劳动变得深沉而宁静的铁锨。

我想其实我们缺的不是一件工具，而是一种态度，因为刘亮程说过："劳动是一件荒凉的事情。"那会使人"成为荒野的一部分"，成为没有名字的草。没有名字地埋身劳动，一个季节一个季节地荒凉下

去，不被人认出，是我们很多人都害怕的事情。于是才有垃圾布满我们的脚下，复制的沙子神采飞扬。当有人站在复制的沙堆中自觉高大而沾沾自喜时，当有人像一个玻璃碎片躺在垃圾堆上以为自己就是金子在发光时，而刘亮程却说："如果我把所有的活干完，我会把铁锨插在空地上远去。"

这就是一个真正的劳动者的态度，"剩下的事情不再重要"。

但是，活是干不完的，它总在那里。所以，刘亮程进城了，还是扛着那把铁锨。他深深地知道，对于一把铁锨，村庄的土地再硬也是柔软的，总能找到地方插下去，挖掘出什么，但在坚硬的城市里，想要抢砍出一些痕迹，那得付出更多的力气。无论如何，一个劳动的人是不能没有铁锨的。当他老父亲体贴地问他在城里行不行，"不行就回来，地给你留着呢。"他自信地说："我扛着锨呢，怕啥。"

这是一个热爱劳动的人的自信。他相信一把铁锨的魅力。我想起遥远的童年，外出的母亲让我看家，邻居来借一把铁锨，因为没有经过大人的同意，我死活抱着不给。那时我还不懂一把铁锨的意义。现在，我从记忆的深处把它找了出来，扛上。我真的很需要它。

动物庄园：人类的镜子

起初，曼纳庄园的主人是琼斯先生，猪马牛羊鸡们在他的主宰下生产劳作，丰富了庄园的物质生活；后来，动物们觉醒了，一头德高望重的猪教导它们说："是我们用劳动在耕耘这块土地，是我们的粪便使它肥沃，可我们自己除了这一副空皮囊之外，又得到了什么呢！"它认为它们备受奴役和痛苦的一生根源在于人，是人驱使他们干活，把它们的油水榨干了，又残忍地将它们杀掉吃掉，人是它们真正的仇敌。于是动物们发动了一次起义，琼斯先生被它们赶出了庄园，猪做了动物庄园的头领，他们制定了自己的戒律，诸如"凡是靠两条腿走路者皆为仇敌"，"所有动物一律平等"。然而，当梦想成真，生活按照动物们想象的样子继续，掌握了特权的猪却渐渐破坏了戒律，动物庄园出现了新的不平等和个人崇拜，出现了争权夺利和自相厮杀，动物们依旧过着艰苦的被奴役的生活，落得悲惨的结局，而头领们忘记了人类是敌人，又与人勾结在一起……总之，它们将人类犯过的错误又重复了一遍。

读奥威尔的《动物庄园》，我想起曾经有人说过的一句话，在人类世界看不清楚的事，放到动物世界去看就很清楚了。据说奥威尔是一个社会主义者，他为社会主义在实践过程中的一些问题而痛心，《动物庄园》的写作，是他捍卫民主社会主义的一个行动。无论是这本著名的《动物庄园》，还是另一本同样著名的《一九八四》，都是他以艺术为舞台对人类的政治生活所进行的思考，但我更愿意把他的书看做是他对人性的反思，是对人类自身的观照，因为政治生活同样能检验一批人的人性。他聪明地选择了动物庄园这一场地，让我们在看动物"表演"时，也看到了自身的影子。当然，他的这些动物是主观的，拟人化了的，可我们并不觉得虚假和遥远，反而感到一种从形到意的契合。当我们坐在电视机前看《动物世界》，我们是否想过，我们与动物之间到底有多少差别？

对于动物，特别是一些能劳动的动物，我的同情与悲悯与日俱增，不仅因为它们受到人类无情的剥削，更因为它们不能主宰自己。但是我同样也越来越同情人类了，人主宰动物也主宰自己和同类，可这种主宰是变幻莫测的，动荡不安的，有时也是残酷的，况且不是所有的人都能主宰自己和别人，这对身为地球上最高级的生灵来说不也是一件悲哀的事吗？这就是动物们看不清楚的问题了。它们只能看到人喝着它们的奶吃着它们同类的肉的享受，看到人忘恩负义地对它们举起鞭子，它们看不到人的痛苦。人比动物高明的地方，就在于人能看清很多的事情，能为自己进行思考。

但是人也有在自己制造的路径中迷路的时候,人经常迷路,人的行为没有更高生灵的参照系,我们只能把自己的目光投向我们的近邻动物。我们是动物的仇敌,动物是我们的镜子。我们与动物们永远有割不断的千丝万缕的联系,因为如此,我们应该另眼看待动物了,另眼看待我们与动物的关系。奥威尔在1944年就智慧地意识到了这一点,建造了他的动物庄园,他是想让人类在人与动物的关系中,更清楚地看到自己,关心自己。动物的弱点就是我们的弱点,动物的将来就是我们的将来,智慧的人类比动物多出的智慧,不仅在于语言、思想、组织、设计,还在于把握自己和未来的能力,在于自省的能力,在于人类不会坐以待毙。人若能充分认识和利用这一切,就无愧于生为人类了。

当我们走出动物庄园里那令人黯然神伤的结局,会明显地意识到我们所处的这个社会,已经有别于那个曾经为我们所熟悉甚至还有隐痛的世界,不禁要为我们与那个世界拉开的距离而庆幸了。但距离是相对的,当我们走出了历史的迷宫,还应该自问一句,我们是否真正走出了心灵的迷宫?

迷宫怀想

他是他命运的人质。

幸好我在杂志上看到过他站立时代的照片,它让我知道他曾有过的身体的鲜活与自由,可我为什么感觉不到这张照片与他坐在轮椅上的照片有什么区别呢?

很多年里,他摇着轮椅,像上下班一样到一座废弃的古园,在老树下、荒草边、颓墙旁,默坐,呆想,想自己的从前,想早逝的母亲,想生和死，想来这园子里的人和他们的命运。他想出了悲愤："就命运而言，休论公道。"也想出了豁达："宇宙以其不息的欲望将一个歌舞炼为永恒。这欲望有怎样一个人间姓名，大可忽略不计。"所以，因为这园子，他常常感恩于自己的命运。

这就是地坛对于史铁生的意义。

《我与地坛》写于1989年5月5日，修改于1990年1月7日，从那时至今的十几年里，轮椅上的人还经常去地坛吗？我不知道（我想他一定还去的），但我知道，那些人生无法绕过去的问题一直没有停止对他的困扰，他也从未停止过对它们的沉思默想，一本厚厚的散文集《对话练习》正是他不息怀想的记录。对生命的解读，对灵魂的拷问，对自然、残障与文学的感悟，都渗透着他自己的哲学思考。他自己与自己对话，与朋友对话，然而那又何尝不是与天与地与神的对话？

事实上，关于生命、死亡、残障、文学……都已是古老或陈旧的问题，它们所以这样古老和陈旧却依然存在着，是因为没有人能彻底说清它们。海德格尔说："质朴无华的物固执地躲避着思。"也许正因如此，它们像迷宫一样迷惑着人们，限制着人们。一个身体健全的人，是不愿受其所限的，行走的自由可以使其跳出迷宫做一些行走的事情，可史铁生不能。我想起苏州园林狮子林中那些石头迷宫，一个腿脚灵便的人找不到出口，可以找一个空当，从上面爬出来，而史铁生若进到里面，他只有一心一意去寻找那个出口。本来史铁生可以不进到迷宫里去的，他可以像其他同命运的人一样在街道小厂把彩蛋一直画下去，那样我们这些读书的人就读不到《我的遥远的清平湾》，读不到《我与地坛》了，有多少人知道这个世界上还有个叫史铁生的人呢？但史铁生不是白叫的，命运限制了他行走的自由，却使他的思想获得比健全的人更多的自由，这注定了他对这迷宫的迷恋，他以那些自由的怀想，去解他生命中的那个死结。他在突围，在试图砸碎捆绑自己的那条锁链。

而那些自由的怀想却让人忘记了他必须坐着去走人生的命运。这正是我感觉不到他站着和坐着有什么区别的原因。

别人都沿着曲径分岔的路跑远了，他跑不了，也没想跑，几经生

死，他反而沉着了，在他选定的迷宫中耐心地转着，以完成上帝交给他生的事实，至于死，他说那是一件不必急于求成的事，死是一个必然会降临的节日。

面对他的书，他的思想，我们这些可以自由奔跑的人，脸上真该泛出一片惭愧的红晕来。

不过，活着的问题在死之前是完不了的，人生如戏，我们在这世上的姿态还真得好好讲究些。那么听听史铁生说的吧：

每一个有激情的演员都难免是一个人质。每一个懂得欣赏的观众都巧妙地粉碎了一场阴谋。每一个乏味的演员都是因为他老以为这戏剧与自己无关。每一个倒霉的观众都是因为他总是坐得离舞台太近了。

我想，我听懂了。

听一只鸟在说什么

第四辑 放牧自己的人

生命的重量

有的人的不幸与痛苦，是他死亡之后才被发现的。生命结束了，生命活着时的一切就变得清晰了，重要了。

我所知道的，也是永不会忘记的，是有一个女人，她在29岁时就让她的五个孩子一年一个全部来到她的身边，她没有固定而体面的职业，没有记录在表格上的人身档案，她的全部的努力就是让全家吃饱穿暖，因此，她的生活中满满拥塞着的是劳累、贫穷、困苦、郁闷、失望，以及丈夫一意孤行造成的巨额债务的缠磨。最后，在永不谅解性质的沉默中，她被癌细胞迅速地带走了。

她就是我的母亲，一个从没有笑脸的女人。

我原以为，她的生活就是她的生活，不过是太普通了而已。母亲去世以后，我经常做的事是反思她的生活，那是怎样的生活啊！可我无法补救。一个人只有过了30岁才能真正懂得传统的孝顺，才能做出一些具体而有能力的行动。而我想这样做的时候，母亲已等不及了。所以我羡慕那些40多岁50多岁甚至60多岁母亲仍健在的人，他们比我有更多的机会。

对于一个贫困之家的从小就操行独立的长女，母亲去世前和去世后的日子没有什么两样，我受到的唯一的打击，是她离去的时间之早，50多岁，现代观念上正可享受生活的年纪。她让我看见疾病和死亡是怎样的毫无逻辑，毫无情理。为什么有人一生都没有享到世上通常的那些幸

福？为什么一个人努力地生，却更加快速地走向死？太让人想不通了。

我开始意识到人的生命，差不多就像托尔斯泰老先生说的，很像一匹被主人牵出马厩的被套上笼头的马，它在看到光明和自由的同时，被束缚，被驱赶，使它感到自身承担的重量。比起《战争与和平》、《安娜·卡列尼娜》和《复活》，可能很少有人知道托翁自认为很重要的一部著作，那就是《论生命》。告别母亲覆盖着白雪的墓地，在那个白色的冬天里，这是我经常阅读的一本书。我对生命与死亡的思考，始于一位亲人的离去，始于一本书。

肉体的生命。理性的生命。生存与生命。痛苦与幸福的辩证。生命和死亡与这世界的联系。这些只有托尔斯泰才能说清的问题，无法从我平庸的口中得以复述，但那字里行间的气息成功地渗透进我的思想，我想这正是我比母亲幸运的地方。我一向靠阅读摆平一时的精神困境，从不阅读的母亲无处缓解她的苦痛。她从没听说过托尔斯泰，没想过遍布痛苦和失望的动物性躯体正是生命的工具。通常的人都跳不出托翁所说的话："人总是把目光放到自己生命中最微小的部分，并不想看到它的全部，却害怕这种微小的、他十分欣赏的一小部分从他的眼光中消失。"所以也就不可能认为"你的整个生命是穿过肉体存在的庄严的行程"。母亲不能例外，绝大多数人都不能例外。

在那些下雪的日子里，我读过了《论生命》，然后思绪逆寒流而行，回到萧瑟的深秋季节，那是俄罗斯的遥远的深秋，远在1910年，深刻而全面地论释过生命的托尔斯泰，从他的生命中庄严地出走了，阿斯塔波瓦车站成为意外的终点。82岁的苍茫生命结束了，又重新开始了。那一时刻，他是否还记得《论生命》就要结束时的一段话："尘世生活的无法解释的痛苦，最令人信服地证明这一点：人的生命不是个体的生命，不能从人体诞生开始，也不能因人体死亡而结束。"写这本书的时候，说这些话的时候，他58岁。20多年后，他放弃了贵族生活，开始新生的跋涉，他证明了自己说过的话。

我掂出了生命的重量。

托尔斯泰的，母亲的，所有人的。不分谁的。

托尔斯泰庄严而伟大地活过，母亲呢？直到今天，我仍在想，母亲她活过吗？她是怎样活的？一个卑微的生命与一个伟大的生命，同样使我想到篮筐这种物体，它一直盛有艰辛、责任、痛苦、惦念，或许还有快乐、幸福。终有一天，这一切会像水一样漏去，篮筐变得空空的，但似乎更加沉重，因为一切都像水一样渗入柳条。

　　母亲离去的时候，我30多岁，经常能看见带母亲走的那条死亡的影子，日里夜里想的都是它的嘴脸；现在，我向40岁飞奔，死亡在我五六十岁或七八十岁的地方，像吸铁石一样强力地吸着我，柳条筐的重量一天重似一天。40岁以后，人大抵考虑的都是如何好好地生吧。

放牧自己的人

　　对于苇岸，我是一个迟到的读者。

　　读完了，我总是想，在1999年5月19日这个平常的日子里，我在做什么？我在为仅以谋生的工作而拼力，在为自己不如意的现实而烦恼，在精神与物质之间犹疑，在筹划如何将简陋的斗室辟一间书房。而39岁的苇岸，在北京昌平当教师的苇岸，作为诗人和散文家的苇岸，在未完的《二十四节气》里，告别了《大地上的事情》，离开了这个世界。

　　大地上的事情没有穷尽，二十四节气循环往复，可它们已成苇岸未竟的绝唱，因此那两篇纯净智性的长篇散文尤为令人瞩目，但我更喜欢他的《放蜂人》，它干干净净，每一句话都给人以美的享受和精神启迪。1991年11月至12月，苇岸开笔写道："放蜂人是大地上寻找花朵的人，季节是他的向导。"而这一年的这个季节，我在干什么呢？我正在机关大楼里忙着一些理性的公文，远离文学，过着一种自己并不想要的日子。我在怨天尤人。我也不知道世界上还有苇岸这样一个人。

今天，2001年11月1日，正是苇岸开始写《放蜂人》的季节，我开始写苇岸。我发现他站在那里一动不动，我还是落后他十年。十年前的苇岸就已经认识到，"放蜂人在自然的核心，他与自然一体的宁静神情，表明他便是自然的一部分。每天，他与光明一起开始工作，与大地一同沐浴阳光或风雨。他懂得自然的神秘语言，他用心同他周围的芸芸生命交谈……"我再一次想起《二十四节气》和《大地上的事情》，想起他的素食主义，他简单的生活，他在昌平大地上所做的一切，那正是放蜂人所做的一切。当他拂尽红尘退守田园，他与这个世界的关系，正如放蜂人与大自然的关系，他像放蜂人"把人类应有的友善面目带进自然"一样，把自己"置于现代进程之外，以往昔的陌生面貌，出现在世界面前"。此外，他们，放蜂人和苇岸，都是这个世界的孤独者。

所以，他们更容易沟通。所以，苇岸比别人更懂得放蜂人和蜜蜂。放蜂人告诉苇岸，一只工蜂在出生第三天就开始做内勤工作了，15天后开始采蜜，30天后开始衰老，做一些轻微的工作，"当生命耗尽，死亡来临，它们便悄然辞别蜂场，不明去向"。苇岸以此领悟："生命与劳作具有同一含义。"这不能不使我们想到苇岸短暂而富有精华的文学的一生：读得多，写得少，但文必精美睿智，犹如一只蜜蜂采集成千上万朵花的蜜，才装满那只小小的蜜囊。比起文坛遍地的垃圾，苇岸的"蜜囊"该是多么难能可贵！

我总是在想，我们这个世界到底更需要高产的成片的垃圾，还是更需要低产的凝练的蜂蜜？对有些人，这是一个两难选择。但苇岸果决地选择了后者，我只能向他的灵魂追投去我的敬意，因为我与他有十年的距离，因为在这十年里，我发现了不是垃圾本身，而是它所携带的诱惑力，它们争相撕扯着我的手臂，希望我是一个同谋。在我的心里有一个战场，一场斗争至今还没有胜负。

我们也很难明白，苇岸的宁静决绝来自何处？在这个充满污染的尘嚣里，一个人肯做一个放蜂人已是难得，肯做一只辛劳的蜜蜂更是不易，而苇岸既做了蜜蜂，又做了放蜂人，他是他自己的放牧者！世上到底有多少人舍得这样压榨自己？生活中多的到底是俗人，而苇岸是大地上的一个旗帜，孤独而鲜明……

孔乙己与门德尔

　　咸亨酒店的茴香豆又硬又咸。

　　孔乙己是这酒店唯一站着喝酒而穿长衫的人。自从他被打断了腿，坐着用手慢慢走去了，就再也没来酒店了。年关和第二年的端午节时，店掌柜还重复："孔乙己还欠着十九个钱呢！""到中秋节时就没说了，再到年关也没有看见他"，"大约孔乙己的确是死了"。

　　我就这样一边吃着朋友送给我的茴香豆，一边想着少年时读过的《孔乙己》，每一粒豆子都以它的硬度来增加它被粉碎的缓慢程度，这使我有足够的时间品味出一种少年时不曾有过的悲凉。

　　悲凉似地上的秋叶，一片被风吹来了，另一片也跟着来了。

　　在孔乙己穷困潦倒地消失的前后，他不知道，在他肯定没听说过的奥地利的维也纳，有人正演绎着与他相似的命运。那是个没有执照的旧书商，在格鲁克咖啡馆的方桌旁已坐了三十多年，任何干扰都无法阻止他透过眼镜观察着在我们的世界之上的世界——书的世界，对他来说，"能够把一本珍贵的书捧在手里，就像有的人和女人幽会似的"，"只有书，而不是钱，才对他有控制力"。他的奇特的记忆里有一长串的书名和作者的清单，许多学者、教授、大学生都在他这里而不是图书馆里找到自己想要的参考书，他就靠这样的一点微薄报酬过着简单的日子。然而，战争爆发了，他被捕了，原因是他寄出了一张明信片，抱怨自己没有收到最近几期《法兰西图书通报》月刊，而他竟不知道自己的这张

明信片是寄往敌国的！在集中营里饱受了两年的苦难后，他被救出，当他再次坐在格鲁克咖啡馆时，人已变得呆滞无神，与从前大不一样了。此时咖啡馆已换了新的老板，不再像过去的老板给他照顾，因为战争，他的生意也很冷淡，饥饿难耐时，他只得偷吃店里的东西，结果被老板羞辱一番后赶了出去。他最后一次出现在这家咖啡馆时，是因病得很重发烧走错了门，随后就死去了。

这个人就是奥地利著名作家茨威格笔下的旧书商门德尔。

门德尔死了，孔乙己大概也死了，他们很快就从生前身边人的记忆里消失，读者叹一气读书人的命运，很快也就把他们忘记了。我悲哀的是，越是认字做学问的人越是容易忘记他们。咸亨酒店的老板叨咕了两次孔乙己，不过是因为"他还欠着十九个钱呢"，多年以后能想到孔乙己的倒是酒店里打酒的小伙计。而那些写了书以免在死后归于幻灭和被人遗忘的人，没有谁记得曾帮助过他们的门德尔，倒是咖啡馆里一位不识字的女清洁工，一直珍藏着门德尔丢在那里的一本书，她为他刷了25年的大衣。

也许，孔乙己和门德尔是不该读书的。要是孔乙己在他生活的鲁镇上开个小酒店，日子大概也不会比咸亨酒店的老板过得差吧？可怜的门德尔先生若是咖啡馆的主人，是否可以免去自己的悲惨结局？但我想他们是把文字看得极为神圣的人，孔乙己要是不知道茴香豆的四种写法，日子也许是很没意思的；而门德尔像赌徒赌牌般全神贯注的阅读，是他三十年沉醉幸福的日子。悲剧式的幸福和厄运，使他成为"百无一用是书生"的极端个例，在千千万万的人因为读书而获得尊敬和幸福的事实前，他们命运的行程和终结似乎是他们自己的责任。然而，正是这种不顾一切的内心的专注、高尚的偏执和神圣的狂热劲儿，使他们在纸上永生，现代人的目光应该透过蒙在他们厄运之上的面纱，依然看到文字的魅力和阅读的不可或缺。一个普通人若能有门德尔一半的专注和热情，焕发出的力量也就很可观了。

任何事情都有两端的例证，孔乙己和门德尔的另一端当然是文盲。在准备写这篇小文时，我在《三联生活周刊》上获知85%的尼日尔人是文盲，大为惊讶。我不知该说什么好，因为我无法想象他们的世界。我只能告诉你，在写过《旧书商门德尔》之前或之后的一个海上之夜，茨威格躺在轮船的一张椅子上，遥望着船外温柔的夜空，内心充满了不安。他的不安来自一个他认为是聪明而且当作朋友交谈过的漂亮的青年水手，但当这青年要求他读一封信，他发现青年是个文盲。他为这青年痛苦，不知道这青年与书写的东西隔绝的头脑中，世界是什么样子。这个海上之夜以后，作家写下了《书的礼赞》。

正是这篇文章让我想起了门德尔先生。至于茴香豆，是永远也摆脱不掉孔乙己了。

寂寞的文学之狼

1919年深秋的一天夜里，军医布尔加科夫在行军途中的火车上，在一支插在瓶子上的蜡烛的暗淡光晕下，写下了第一篇小说。第二年，他抛弃了优秀医师的职称，开始了写作生涯。几年后，他以长篇小说《白卫军》及依此改编的话剧《土尔宾一家的命运》而名世，但在他写作的第七个年头，即遭到批判而被迫沉默，有生之年再也未能发表作品。"命运的安排是，不管是职称还是成绩，都久久不得其用。"他自传中的这句平淡却意味深长的话，波澜不惊地道出现实社会的严峻和不公。

然而，正是这个不完美的现实社会，成为他一生的目光的焦点，他用心审视这个社会的病体部分和人性的弱点，永不疲倦地投以惊讶的表情和鄙夷的目光，不懈地以荒诞的幻想和犀利的讽刺，对那些生活中的丑恶给予批判。因此，在压制和寂寞的双重折磨下，在一般人都会寂寥无声地消失的情理之中，布尔加科夫却从未停止他那枝手术刀一样的笔,寂寞身前写就的一部部优秀的作品,为他的身后带来牢固的荣誉。长篇小说《大师和玛格丽特》正是这无边寂寞中作家创作生涯的高潮,它创作的结束,正是作家生命的结束。

被称作石破天惊之作的《大师和玛格丽特》,是作家尖锐的讽刺力、奔放的想象力、深邃的观察力的结晶,它将《圣经》故事、神秘幻想和莫斯科的现实生活,用高超的技艺有机地联结成一个艺术整体,使人们在荒诞不经的故事中,自然对文化传统、精神价值和善恶观念产生严肃的思考。这部局部写实、整体写意的作品不只给人想象的冲击力,它对现实强烈的批判力,更令人击节难忘。试想当魔鬼撒旦带着两个助手控制了莫斯科大剧院的舞台,会出现怎样的情景?作家的描述是撒旦变幻出大把的钞票扔向台下,观众疯狂地哄抢,可当他们用这钱付车费饭费时,钱却变成了酒瓶上的商标;撒旦还变幻出大批的时装,台下的妇女蜂拥台上,一抢而空,可她们在回家的路上,衣服却不翼而飞,一个个赤身裸体,无地自容。作家这样无情地嘲弄人性的弱点,不给人半点遮掩的东西,自然与以颂歌为主流的文学格格不入,他被冷冻也是一场自然而然的厄运。

1940年3月10日,49岁的布尔加科夫,终于润饰完成写了十余年的《大师和玛格丽特》,也走完无畏而凄苦的一生,病逝于莫斯科富曼诺夫街的住所内。而这本书又过了33年才在作家的祖国出版。这就是布尔加科夫作品的命运,而这正是作家忠于自己、忠于时代的结果。据说他生命的最后十年内所写的十九部作品中,本有三部可望演出或出版,只要他肯按照当局的意思做出修改,但他不为所动,坚决不肯改变自己的创作原则和意图。这不能不令人想起作家生前说过的话:"一个作家不论处境何等困难,都应忠于自己的原则……如果把文学用于满足自己过上更舒适、更富有的生活的需要,那么这种文学是可鄙的。"

可以肯定,今天,会有很多人对这样一段话不以为然,现实发生了更多的变化,文学已不再是一个统一的整体艺术,它变得四分五裂,面貌支离破碎,有人只捡到其中的一片,以为那就是文学,是自己想要的文学。文学的价值标准变得模糊不清,这正是有些人想要的结果。事已至此，我们是否可以这样说，每一个碎片都有其存在的理由，都有它自己的光辉，但人不能总是生活在错觉中，人类的现实任何时代都并非完美无缺，最忠于现实和文学的心灵应该是最有价值的。否则，布尔加科夫也不会在去世几十年后，被从另册擢拔至正册，继而又告别了别人为他安排的不起眼的位子，走进与许多文学巨人比肩的行列。

1931年，布尔加科夫在给斯大林写的一封信中说："在苏联俄罗斯文学的广阔草原上，我是唯一的一只文学之狼。有人劝我在狼皮上涂点颜色，这是个愚不可及的劝告。涂上颜色的狼也罢，剪去狼毛的狼也罢，怎么也像不了一只鬈毛狗。"我们在哪儿还能找到这样无畏而甘于寂寞的人？但愿我们找不到的原因，是我们的时代和现实不需要作家这样无畏和甘于寂寞。

在遥远的莫斯科新圣母公墓，布尔加科夫的墓地上立着一块不规则的乌黑的花岗巨石，周围时常有人献上一束表示敬意的鲜花。我们没有机会这样亲近地做出表示，那么读一读《布尔加科夫文集》吧，在这些富有独特魅力的作品中，在作家有意留下的那些空缺、裂口或沉默处，我们接受世界的质问。

索尔仁尼琴的痛苦

现在，21世纪第一个夏天，平静的一天结束了，清凉的海风拐过楼角吹动了我的窗帘，倾听窗外那些生活的声音，比如笛声、歌声、说笑声、呼唤声、脚步声……无不是人们平静幸福心灵的泄露，至少，这是一些没有大痛的人们、相对幸运的人们的生活映照。我想起另一种陌生却深信其存在的生活，它由这样一些场景和要素组成：零下二三十摄氏

度的严寒。一日三餐需要去抢的冰冷的稀汤。每天重复的无谓的苦役。寒风中脱下衣服鞋子接受搜身。一不小心要蹲禁闭、受刑罚。

这是苦役犯的生活,而这些苦役犯是一些善良的农民、工人、军人、知识分子,他们都没有罪,被以莫须有的罪名送到这里,挨冻受饿,疲惫不堪,承受着命运强加给他们的痛苦。

这样的日子有人要过上20年,有人要过上十年八年。

这样的日子离我们不是很遥远,就在半个世纪前,在我们的近邻俄罗斯,且被严格的保密和新闻检查措施严密地封锁着。

这样的日子将一个数学物理系毕业的大学生的心灵,磨炼得深重、傲然、大气、勇敢,十几年后,他用他的笔揭露了这种非人的生活,让这个世界大吃一惊。

索尔仁尼琴,中篇小说《伊凡·杰尼索维奇的一天》,让我在这个夏天里明白,什么是真正的痛苦。

在我的印象中,俄罗斯是一个布满伤口的民族,作家是敞着伤口的作家。他们所遭受的大悲大痛,是由于人道、公正、信义、宽容的缺乏造成的,索尔仁尼琴是向这种专制宣战获得成功的作家。他将自己8年劳改营的经历化身为一个普通平凡的农民伊凡·杰尼索维奇,却又避开惨不忍睹的血腥场面,只写了主人公在劳改营最普通的一天。在这顺利的一天里,他没有生病,没有派到最苦的活,没有被殴打,还凭着机智狡黠多喝了一碗汤,帮助同伴躲过一场搜查。但是,就是这样普通的一天,也已让人们感到苦不堪言,毛骨悚然,可想那些冤屈者在十年二十年漫长的时间里经受着怎样可怕的折磨!在这里,一个人的全部努力是苟活下来,而其中绝大多数人是出于生的本能。但索尔仁尼琴的化身伊凡·杰尼索维奇,在用肉体和心灵一点点消受了这世上的种种不幸后,却与别人有不同的感悟和追求,他要让自己所承受的痛苦变得有价值。他成功了。

奥地利精神医学家弗兰克在纳粹集中营的日日夜夜里,心头经常萦绕的是陀恩妥耶夫斯基的话:"我只害怕一件事:我怕我配不上自己所受的痛苦。"不知索尔仁尼琴是否知道他前辈的这句话,但他同样用他内在的自由证明，痛苦也是一项实实在在的内在成就，他完全配得上他的痛苦。他的经历，他的书，让我相信弗兰克下面的这段话不是与现实生活脱节的空论："人一旦发觉受苦即是他的命运，就不能不把受苦当作是他的使命——他独特而孤单的使命。他必须认清：即使身在痛苦中，他也是宇宙间孤单而独特的一个人。没有人能替他受苦或解除他的重荷。他唯一的机运就在于他赖以承受痛苦的态度。"两个同样痛苦的人，以不同的表达方式给人以相同的结论和启示，这除了说明他们同样优秀，还说明痛苦对优秀的人具有共同的意义。

痛苦是有大小之分、轻重之分的。大痛苦是无法躲开的命运，犹如漫长的黑夜，索尔仁尼琴用含泪的苦笑毫不声张地表达了它的厚重；小痛苦是平淡无奇生活的调剂，好像一个人大白天暂时进入一个黑洞，我们总是听到一声矫情做作的尖叫。读完索尔仁尼琴，我不敢再轻言痛苦，我没有这个资格。

索尔仁尼琴80岁的时候，也就是1998年的岁末，叶利钦总统授予他一枚勋章，但他断然拒绝了，他的理由是俄罗斯还有很多人在挨饿和领不到工资。这与他在集中营挨冻受饿的生活已隔了四十多年。他没有忘记痛苦和那铅灰色的生活背景，那是被撕下的社会生活的一部分，那样的日子，他的主人公要过上三千六百五十三天，多算的三天，是因为有三个闰年。

小说的这个结尾，使那种彻头彻尾的大痛更具延绵性和渗透性，它使索尔仁尼琴风烛残年之时，仍然保持着由痛苦磨炼出来的品质。是否可以这样说，我们绝不赞美痛苦，但我们可以从痛苦的经历中得到自我实现。

灵魂乡关何处

　　那些自以为在文明而体面地生活着的人们，无论如何也不可能理解，他们中的一个人，他与周围的人一样，有妻子孩子，有体面的职业和衣着，过着中产阶层平静的日子，没有什么与众不同的地方。然而，在他40岁那年，他却突然留下一张字条走了，不是像妻子和人们猜测的那样，带着情妇走了，而是孤身一人到巴黎画画去了。一些年后，他的受尽贫困的肉体惨死在太平洋的一个小岛上。再以后，他的画在这千奇百态、趋炎附势的人间受到画商和收藏家的追逐，而他那颗招引他肉体出走的灵魂，不知又去往了何方。

　　我们已经知道，那个小岛就是著名的塔希堤岛。

　　而这个人，在英国作家毛姆的《月亮与六便士》中叫查理斯·思特里克兰德。

　　在以贫困、疾病、讽刺、嘲笑而回应他的现实世界里，他是法国印象派画家保罗·高更。

　　艺术与现实，血肉相连却又神奇地保持着模糊的距离，我相信现实中的高更会比艺术中的思特里克兰德更真实可信，不过，我更愿意在毛姆创造的精神世界里，去感受一个灵魂与肉体的搏斗，个性和天才与社会现实的矛盾、尴尬。当我还是一个初中生，我差不多两三天就跑一趟我们小镇上唯一的那家小书店，我没钱买书，我只是一遍遍地看书架上那一排排书的名字，《月亮与六便士》是一个美丽的名字，一直珍藏在我的记忆中。幸好那时我没有得到它，以我那时的无知和贫乏，我不可能看懂、也不可能理解思特里克兰德。但是今天才想起看这本书，我又有些相见恨晚了，我受到的震撼，已经无法把我拉出平庸的日常生活，我只能坐在一把平庸的椅子上，在一个平庸的环境中，写下我对艺术家那颗不安灵魂的敬意。

那颗抛却一切世俗的灵魂,轻盈地飞升,却重于生活全部的重量。

它在艺术家的画作中逼视着人们,向人们暗示着什么重要的秘密,但我们又无法言说,像面对大海一样,心中涌动着什么,那样无法言说。而那承载、喂养着这灵魂的骨肉、皮血,却并不在意周围的混乱、动荡、痛苦,哪怕是幸福和欢乐。这副皮囊听从灵魂的召唤,从生到死,从永恒到永恒。

于是我想,天才的灵魂要比一个庸人的灵魂更有持久的力量,方向更加笔直遥远,它拖动着它沉重的外壳,奔向一时模糊但却是在遥远的未来必将光华四射的事物的终端,以及终端的余影。思特里克兰德所做的是甩掉一切附加在身上的东西,让自己的躯壳变薄变轻,让自己是一个孤岛,让灵魂无拘无束。这是我们生活在庸常的日子里的人们无法做到的,他们更热衷做的,是拼命地往自己的周身捞取各种各样的东西:高档服装、豪华住宅、官位头衔、金钱荣誉,哪怕是什么会议上发的一点纪念品也不放过。繁杂的物欲,就是这样将灵魂淹没,一个人最初的理想再也无力浮出水面。

很多人愿意这样活着,这是他们的幸福。但我深深地知道,还有许多人不愿意这样活着,一心寻找更宽阔的河岸。毛姆在《月亮与六便士》中说:"我认为有些人诞生在某一个地方可以说未得其所。机缘把他们随便抛掷到一个环境中,而他们却一直思念着一所他们自己也不知道坐落在何处的故乡。"故乡可能在遥远的某个地方,如太平洋上的塔希堤岛,那是身体的故乡;故乡也可能就在一个人的高置于现实生活之上的理想中,那是灵魂的故乡。能在身体的故乡安顿自己的灵魂,对思特里克兰德是一种幸运,但这幸运并不是他活着时能看到的,他活着时贫困、潦倒,受尽嘲笑,他死时其状惨不忍睹,无限凄凉,这样一种物质上的结局,会吓退很多人。正是这种理想与现实的矛盾,让许多人困于现实的拘囿,深感痛苦和不安,在他不愿意的环境中苦闷一生。

要么燃烧毁灭,要么烤着自己慢吞吞的余火终其一生,这大概是天才与庸人的区别,二者之间,我们似乎无法做出抉择,因为我们不知道命运之神把天才的灵魂派给了谁。我们所能知道的是,当我们的灵魂试图奔突寻找一个它更有作为的居所，我们就听从它的召唤，跟自己告别。要在此世自感幸福，我们只能忠实于自己的灵魂。

落日中的呐喊

在一个有风的傍晚，蒙克先生和他的两位朋友走在我们不知道的小镇上，他看见蓝色的海湾被染红了，于是他抬头看了一眼落日，忽然被海湾上空火焰一样蔓延的晚霞震动了，他像死去一样疲倦不堪，停下了脚步。朋友们先走了，他一个人留下来，盯着血一般的天空，突然，他感到一种不可名状的恐惧，他听到了自然的喧嚣声……

不久，那幅著名的版画杰作《呐喊》诞生了。就是从这幅画开始，蒙克成为表现主义的艺术大师。

气流般扭动的血色天空和旋涡般的斑驳的海面，令人的视线产生强烈的震动，一座斜贯画面的桥被染上红黄两色，向我们看不见的地方伸展着，一个面孔像骷髅的男人站在前面的桥栏边，双手捂住耳朵，睁着空洞的眼睛，张大嘴巴在大声喊叫，或者是尖叫，他的身体也由于恐惧和颤抖而扭曲了。这呐喊像电流一样袭击着我们，这呐喊在风中飘忽不定，像这男人背后飘动扭曲的晚霞。而他背后远处的两个行人却僵直而冷漠地走着，越发显出这男人的孤独和无助。

当然，我们多数人看到的这幅画面是印在纸页上的，这个充满了无限恐惧和不安的男人，带给我们的战栗是从纸张上浮现出来的，蒙克大师的真品一直挂在挪威首都奥斯陆的国家美术馆的墙上，但是在第十七届冬季奥运会开幕前夕，它在一天早晨被两名窃贼仅用50秒钟就盗走了。这一消息是我在当年的《参考消息》上看到的，可我不知道那些忙碌的警察们是否找到了那个呐喊中的男人，也许他早已又回到美术馆那名作荟萃的墙上了吧？我想，无论这幅画挂在哪里，都会使看见它的人感到一种尖锐的恐惧和不安。

我们终于忍不住要问了，画中的男人到底为何而恐惧和惊慌？那个血色黄昏的景象不过是自然界周而复始的平常景象，何以让画家疲倦和不安？关于这一点，史料记载是给了我们一些提示的。19世纪80年代到90年代，欧洲绘画出现了一个大的转折，这个转折就是从再现可见的外部世界转变为表现看不见的内心世界。蒙克先生虽然在绘画方面受到了良好的教育，但童年丧母、丧姐的不幸，给他的内心留下了深深的创伤，使他对死亡、黑暗、恐怖等黑色的情绪具有敏锐的感受力，我们从他一些画作的标题就可以看出他内心的焦虑不安：《恐惧》、《吸血鬼》、《病室里的死亡》……

然而，从历史的角度看，蒙克先生在他的画布上所流露出来的内心世界并不仅仅是他个人的，要知道，在那个血色黄昏里他突然听到自然的喧嚣声、感到莫名的恐惧的时候，是1895年的某一天，已接近19世纪末了，经过漫长的一个世纪的沧桑，人类的心灵已经疲倦了，从时间历程上讲，这是20世纪黎明前的黑暗，蒙克在黑暗中发挥了他的全部才能，也表达了世纪末所有敏感的人们共同的焦躁和不安。

时空在缓慢地转换，百年之后又是一个世纪末了，那个骷髅一样的男人扭曲着身体发出的呐喊声又随风而来，它依然在晚霞的缝隙中穿行，在蓝色的海面上盘旋，在伸展的桥梁上游移。我们听到了更多的自然的喧嚣声，我们疲惫的感官在向桥上的那个男人接近，我们并不知道他喊的是什么，但他的喊声却获得了我们的共鸣。我想，这并不是一种简单的悲观的情绪，而是世纪末特有的一种表现，是一些我们无法用语言表达的内心感受，这些感受都是时光和沧桑给予的。令我惊叹的是，与我整整有百岁之差的蒙克，以他的天才把所有的事情都做好了，我们除了凭借想象的惯性，在黄昏中体验画家那种种的感受，还能做什么呢？

不，我们在世纪末的晚霞中镇静以待，风中那恐惧的呐喊终会随风飘逝，因为没有人会面对新世纪的曙光而感到战栗，即使是伟大的蒙克，在告别19世纪进入20世纪后，也遗失了他早期作品中的尖锐的紧张感和战栗感。我相信，新世纪的曙光能抚平人类的一切创伤，能驱逐黑暗留给我们的一切焦虑和恐惧。

我看见那个战栗的男人，在笔直的曙光中从桥上走下来。

听一只鸟在说什么

第五辑

万物的疼痛与欢乐

万物的疼痛与欢乐

一

很久没有仰望星空了。某个夜晚，合上厚厚的《万物简史》，我走到窗前，向太空举起探寻的目光。在忙碌的城市生活中，星空退隐在暗淡无光的远处，被霓虹灯和高层建筑工地上高架灯刺目的光辉所阻隔。但我知道，那就是科学家眼中的星空，那就是《万物简史》中的那个星空，一切都是从那里开始的。我想起童年的那个星空，清晰、灿烂却是神秘的，我当时只是一遍遍地数星星，一直没有数清。

当我们知道星星是不可数的，一切都变得平淡无奇了，只是不太好理解。宇宙的原初，怎么会只是一个奇点呢？而且奇点四周没有四周，空间并不存在，时间并不存在。对于这个奇点，这一定是非常痛苦的事，于是，在某个光辉的时刻，欢乐的爆炸发生了，不到1分钟，宇宙的直径已经有1600万亿公里，而且还在迅速扩大，3分钟后，98%的目前存在的物质都产生了。我们有了一个宇宙。

一切从此开始，太阳系充满生气，而地球有幸与太阳有一个合适的距离，更是充满活力，但也是一个很危险的地方，它曾经遭受过小行星或彗星的剧烈撞击，月亮就有可能是被从地球上撞飞出去的一部分，听起来真像上帝从亚当身上拆下一根肋骨变生夏娃，而地下也颇不平静，烈火会以地震或火山的形式表现出来，美国著名的黄石公园竟然是"世

界上最大的活火山"。大陆在漂移。漫长而大规模的冰川期的存在，说明地球上的气候总是在温暖与严寒之间剧烈地摇摆，并非是一个风调雨顺的安身之处。

尽管如此，丰富多彩的生命还是在地球上产生了。"无论是植物还是动物，它的始发点都可以追溯到同一种原始的抽动。在极其遥远的过去，在某个时刻，有一小囊化学物质躁动了一下，于是就有了生命。"从三叶虫到地衣到恐龙到人类到微生物，生命的进程多灾多难，同样有痛苦，有欢乐。生命想存在，生命不时灭绝，生命在继续。"我们每一个人都是一本保存38亿年之久的发霉的记录本，涵盖了反反复复的调整、改造、变更和修补。令人惊讶的是，我们甚至与水果、蔬菜十分接近。发生在一根香蕉里的化学反应，和发生在你身上的化学反应约有50%在本质上是一样的。"因此，作者总结说："所有生命都是一家。"因而，我想，我们真的应该对所有的生命表示尊重。

就是这样，《万物简史》首先是一部丰富的宇宙史、自然史，它让我想起意大利作家昂贝托·埃科在其名著《玫瑰的名字》中的一句话："宇宙之美不仅来自多样性的统一，而且也来自一致中的多样性。"在愉快的阅读进程中，我感到自己仿佛变成了圣埃克苏佩里笔下的小王子，自由地访问一个又一个星球，然后又来到地球。小王子对地球人说："夜里，你望星星。我的那颗太小了，我没法指给你看在哪。还是这样好。我的星对你说来是群星中的一颗。那样，每颗星你都爱望……它们都是你的朋友……"当小王子回到自己的星球，圣埃克苏佩里说：请仰望星空。问一声自己：绵羊把玫瑰花吃了还是没吃？你们会看到一切怎样起变化……

在此，我也愿意告诉所有的人，繁忙的夜里，从饭店歌厅里出来，请记得仰望一下星空。那里是万物的起点，也是我们的想象和思索出发的地方。

二

万物有灵，万物有趣，万物的形成漫长而复杂。把地球的46亿年压缩为一天，最早的单细胞生命大约是早晨4点钟形成的；植物在晚上10点前登陆；11点刚过就来了恐龙；午夜前20分钟，恐龙消失，开始了哺乳动物的时代；午夜前1分17秒，姗姗来迟的人类终于登场，而我们有记录的历史不过几秒钟。但是，我真的很佩服我们同类中的优秀者，在这样短短的时间里，就弄清了宇宙和地球上的一切。正如作者所说："在我们这个宇宙中，获得任何一种生命都是一个奇迹。当然，作为人类，我们更是双倍的运气。我们不仅享有存在的恩典，而且还享有独一无二的欣赏这种存在的能力，甚至还可以以多种多样的方式使其变得更加美好。"

因此，读过《万物简史》，我愿意向那些勇于深入万物的深处，揭示了万物奥秘的科学家们表达由衷的敬意，因为作为万物之一的他们，在漫长的科学探索中，同样付出了艰辛和痛苦。

仅仅为了搞清地球的年龄，科学家们就好一阵忙乱，也令人惊诧的混乱，他们甚至相互倾轧、迫害。古生物学家欧文就千方百计地把朋友曼特尔的科研成果窃为己有，博得虚名，而曼特尔却贫病郁闷地度过辛酸的一生。令人不快的事还有：纪晓姆·让蒂为观测凌日现象，在外十一年半，历经千辛万苦和种种挫折，九死一生回到家后，发现他的亲人已经宣布他死亡，争先恐后夺走了他的财产；气象学家魏格纳因为不是地质学圈子里的学者，刚提出大陆漂移学说时，遭受了地质学界权威人士的种种非议和讥讽，以致很长一段时期被人冷落；我们熟知的达尔文，一生有许多殊荣，但都不是因为著名的《物种起源》和《人的由来》，这两本书的观点使他饱受争议，而赫胥黎和大主教威尔伯福斯关于达尔文进化理论的激烈争辩，曾让在场的一位太太当场昏厥过去……

比较起来，我更容易被这些不平和辛酸的故事所打动，由此才知道研究世界的圈子同世界一样复杂，科学理论及体系的建立和发展与万物

的产生和发展一样艰辛。这使我第一次在看一本科普作品而不是文艺作品时而感到隐隐的心痛。

当然，我们也为那些幸运的或者付出艰辛得到快乐回报的科学家而庆幸。牛顿万有引力定律的发现，竟然与胡克、哈雷和雷恩的打赌的偶然因素有关；门捷列夫发现化学元素的周期规律，是从北美洲的单人牌戏中获得了灵感，经过耐心细致的反复工作，才最终完成；爱因斯坦发表的《论动体的电动力学》这篇著名的科学论文，竟然没有脚注，没有引语，几乎不用数学，没有提及影响过该论文的任何作品，好像是全凭自己的思索就得出了结论……而在现实生活中沉迷于科学的科学家们也是情趣各异、千奇百怪：达尔文在研究蚯蚓时居然为其弹起了钢琴；牛顿至少有一半工作时间花在炼金术和反复无常的宗教活动方面；富兰克林不顾生命危险在大雷雨里放风筝；卡文迪许在自己身上做电击强度试验，竟然到了失去知觉的地步……这一切，使人感到新奇有趣，让我们知道了科学家是怎样工作的，无疑也拉近了我们与爱因斯坦、牛顿等科学巨匠的距离。

我不得不叹服《万物简史》的精妙了，一条自然进化的线索，一条科学研究的线索，少了哪一条都会使这本书失之单薄，不能成其为《纽约时报》预言的"一部现代科普著作的经典"。正是这两条线索、两种表达方式、两种内容的交织狂欢，使这本科普著作丰厚有力，具有可贵的人文关怀。

三

美国著名旅游文学作家比尔·布莱森说："科学是极其枯燥的，但同时我又认为大可不必如此；科学也可能是非常有趣的，要是我办得到的话。"

几年前，在一次飞越太平洋的长途旅行中，布莱森漫不经心望着舷窗外,他看到一轮皓月,还有一望无际的海洋,突然产生一种强烈的不安感,突然发现自己对于这辈子只能生活其间的地球,竟然什么都不了解。他想起自己童年时对一本科普读物的不满,他决定要做点什么。于是,整整三年的时间,他读书看报,拜访专家,于是,《万物简史》诞生了。

对于读过《时间简史》(史蒂芬·霍金)、《时间旅行》(约翰内斯·冯·布特拉尔)、《时间、空间和万物》(B·K·里德雷)等这些已经是照顾普通读者的科普读物的读者,《万物简史》恐怕没有什么新意,也过于简化,可是如果你没有时间读也读不懂这些书,那么《万物简史》的确是一个最好的选择。毕竟,光阴无涯,人生有限,不管你是一个多么好学的人,也不可能将万事万物都弄明白,而《万物简史》这本书不仅演绎了纵向万物发展的历史、知识的历史、地球和人类演化的历史,同时又照顾到了天文学、物理学、化学、考古学、地质学、生物学、遗传学等各个学科之间的横向联系。

这样一本包罗万象而且必须专业的书,而作者却不是科学家出身,可见布莱森的雄心和睿智,他成功地将人类掌握的庞大杂乱的知识,系统化,浅显化,趣味化,条理化,将这个世界从无到有,由远及近,由宽泛笼统的太空到非常具体的地球,由生命的诞生到灭绝到延续,一路写来,还要适时插入哪个科学家的故事趣事,真是出奇出彩。他就是要引领更多热爱科学的人,在不大专门或不需要很多知识的情况下,又不是在很肤浅的层面上,理解和领会、赞叹和欣赏科学的奇迹和成就。今天的小读者在未来的科学家式的回忆中,定会有布莱森的位置。

有人说《万物简史》这本书必将引发销售狂潮,这使我想起十年前霍金的《时间简史》的热销。但同样为了普通读者,为将科学与最广大的潜在的读者联系起来,霍金作为一个科学家,去除身体的不利,写《时间简史》并不是一件多么难做的事,而对布莱森写《万物简史》来说,我能想象他三年里的艰辛和付出,那绝对是一种复杂的劳动,也是一件令人心力交瘁的事情。而且也正因为他是一位睿智幽默的旅游文学作家,他才可以做得到通俗,生动,有趣,特别是,他能把不得不用的

数字用得形象而妙趣横生。比如，他说教科书无论如何不可能按比例画出一幅太阳系图："如果将地球的直径缩小到一粒豆子的直径，土星便会在300多米外，冥王星会在2.5公里外的远处（约为一个细菌大小，因此你怎么也看不见它）。按同样的比例，离我们最近的恒星在1.6万公里之外。"他这样形容化石难得："在1万亿根骨头当中，只有大约1根能变成化石。要是那样的话，这意味着今天所有活着的美国人———即每人有206根骨头的27000万美国人———所能留下的全部化石不过是50根左右，即一副完整骨架的四分之一。"

波兰诗人米沃什在谈到达尔文时说他拆除了人与兽的栅栏，同样，布莱尔也拆除了普通读者与科学的栅栏。他表现得很轻松，但写作往往是痛苦的，他用自己写作的疼痛，带给读者的却是欢乐。如果有人在一个读图的时代畏惧这本400多页的大部头，那么，请相信，这是一场快乐的阅读。它使你每个不眠之夜将有事可做，然后，合上书，打开窗帘仰望星空，知道了我们从哪里来，想想我们将去往哪里，我们再也不会狂妄自大。

走出迷惘

"我为什么要活着？我活着的意义是什么？"

多年来，我经常这样诘问自己。这反映出我对自己生命的不满和对生活信心的不足，尽管日子都是在忙忙碌碌中过去的，但生存的空虚感和挫折感时而像煤气一样弥漫在整个内心，瓦解着我奔向遥远目标的意志。事实上，很多人都有过或正处于这种迷惘阶段，进而引发对自己生命意义的追问。是啊，生命的意义和价值究竟在哪里？这早已是个很俗气的话题了，却越来越困扰着在现代文明中心理失衡的人们。

弗洛伊德在接近生命终点的时候，曾写信给玛丽亚说："当一个人追问生命的意义和价值时，他就得病了，因为无论意义还是价值，客观上都不存在。一个人这样做，只能说明他的未得满足的原欲过剩。"我想弗洛伊德的话是有道理的，它把我引向对自身的解剖，只要我们的愿望得不到满足，我们就感觉不到生命的意义。

但是，弗洛伊德的话受到了两位学者的挑战，他们一个是奥地利的精神医学家弗兰克，一位是美国的艾温·辛格。弗兰克在《活出意义来》一书中，以自己亲历集中营劫难的现身说法，指出意义对于活下去的重要性，并发明了"意义治疗法"。他不相信弗洛伊德的说法，他认为"人要寻求意义是其生命中原始的力量"，"求意义的意志对大多数人是一'事实'，而非一'信条'"。而艾温·辛格则在《我们的迷惘》一书中表示，弗洛伊德的态度，"忽视了许多人怀有的认知性探索的生存向度。如果舍弃了对这个领域生来就有的关切，人类良知将会严重枯萎。"他认为对生存"意义或价值"的追问，"正是表达我们人类好奇禀性的唯一健康且富于创造性的方式。"

两位学者，一个重在精神分析，一个重在哲学探索，却是殊途同归，即肯定人生意义的存在和价值，教人们如何改变思考方向，在现实世界中发现意义，最终获得有意味的人生。所不同的是，弗兰克是从痛苦出发，通过他自身经历的痛苦和人们无意义生活的痛苦的分析，告诉人们在痛苦中找到意义的可能性，生活在任何条件和情况下都保存着这种意义。"人在实现意义的同时实现他自身。我们实现痛苦的意义，那我们就实现了人之中最为人性的东西，我们便成熟了、长大了，超越了我们自己。"而艾温·辛格则以一个学者理性的语言，系统地梳理了现代哲学、文学和艺术对"对生命的意义"的诸多解答，对"生的价值"、"死的意义"、"意义的创造"等提出了自己独特的理解。他是一个"多元论"者，他说："一个男人或女人可能宁愿要一种平凡自私但却幸福的生存所具有的好处，或者仅仅要一种满足、可以使身体舒适的因而也就是极不出色的、在我们大多数人看来毫无意义的生活。如果我们忠实于我们的多元主义,我们就不能认定这些人一定是做出了错误的抉择。"这与弗兰克的观点又达成了统一:"一个人不能去寻找抽象的生命意义,每个人都有他自己的特殊天职或使命,而此使命是需要具体地去实现的……所以每个人都是独特的,也只有他具特殊的机遇去完成其独特的天赋使命。"

读完这两本书,真有豁然开朗的感觉,我相信自己的精神旅程又延伸了一步。当然,有些问题即使是学者也不能完全解决,而我们在并非如意的现实生活中也仍有可能对自己的生命发生质疑,但他们向我们证明:思考和找到生命的意义,我们就能够拥有一个值得去过的人生。所有的生命都在寻求自己的意义,而我们正是依此行动的。

走出迷惘,活出意义来!

游历第八大洲

风在威海小城里用力地穿行,春天,它开始旅行。一种记忆突然来到我思想的窗口:我曾经沉默地坐在运动中的火车或汽车的窗边,望着退后的田野以及那上面的树木、牛羊和孤单劳作的人,思绪一路颠簸飘荡,却是泛泛的,随风而逝。行走中的发现和思想宽泛而肤浅。行走是必要的,我将一直这样认为,但我知道这不过是一种普通意义上的旅行。从不这样去旅行的葡萄牙作家费尔南多·佩索阿告诉我,还有一种更高意义上的旅行。

他说:"我对世界七大洲的任何地方既没有兴趣,也没有真正去看过。我游历我自己的第八大洲……我的航程比所有的人都要遥远。我见过的高山多于地球上所有存在的高山。我走过的城市多于已经建起来的城市。我渡过的大河在一个不可能的世界里奔流不息，在我沉思的凝视下确凿无疑地奔流。"

这是一个不快乐却能生活下去的人，这是一个白天在公司里做会计，晚上在家里写作的人。他很少离开他的家园里斯本，他的外部世界就是公司、餐馆、理发店、街道、星星、雾、房间、无眠之夜……他从这些生活的表征中体味生命和精神的内涵，探求人类无法回避也无法终结的困惑，探索他自己的既熟悉又陌生的内部世界，他在这个没有疆界的世界旅行，他把这称作一种头脑里的旅行。他称自己是一个不动的旅行者，他的旅行抵达生活本身，抵达他自己。

我将他的随笔《惶然录》列为我此生的永久读物，那是他47年默默无闻生命的美丽而坚实的内核。那是他自己的第八大洲，也是所有阅读者的第八大洲。是内心的奇观，给我们以精神的挑战，是一个深深的海洋，足够我们潜航一生。因为佩索阿是复杂的，正像译者韩少功总结的那样："有时候是一个精神化的人，把世界仅仅提纯为一种美丽的梦幻；有时候则成了一个物质化的人，连眼中的任何情人也只剩下无内涵的视觉外表。有时候是一位个人化的人，对任何人际交往和群体行动都满腹狐疑；有时候则成了一个社会化的人，连一只一晃而过的衣领都向他展示出全社会的复杂经济过程。有时候是一个贵族化的人，时常流露出对高雅上流社会乃至显赫王宫的神往；有时候则成为一个平民化的人，任何一个小人物的离别或死去都能让他深深地惊恐和悲伤……"他一次次把自己逼向思考的终极性绝境，反反复复地自我粉碎，又自我重建。

世界上只有极少的作家肯这样苛刻地对待自己，"他以卑微之躯处蜗居之室，竟一个人担当了全人类的精神责任，在悖逆的不同人文视角里，始终如一地贯彻着他独立的勇敢、究诘的智慧以及对人世万物深深关切的博大情怀"（韩少功语）。也许《惶然录》敏锐的带血的日复一日的苦思，就是佩索阿的命运吧，他说"命运是穿越所有景观的通道"。所不同的是，很多人是被命运推着走的，而他是跟着命运走的，是自己主动要向精神的世界突围，他理所当然地要被誉为"欧洲现代主

义的核心人物"、"杰出的经典作家"、"最能深化人们心灵的写作者"。对这样的作家,我们只有敬意还不够,我们还有感动,还有心悦诚服,还有作家生命短暂无缘消受荣誉的心痛。

合上《惶然录》,外面的风依旧很大,风停后,我将筹划一次必要的实地旅行,这会使我多年积累的疲惫有一次释放,腾出空间装载新的东西,然后我的生活在这个春天里会发生很大的变化,大部分时间里,观察生活与世界只剩下自己寓所的窗口,在降临的融融暮色中,我终于有更多的时间和恰当的心绪立于窗前,从容地看一条小街上的生活,看街上人的姿势与面容,看几棵树的叶绿叶黄。我将有自己的长旅,像佩索阿一样,"这种长旅指向我还不知道的国家,或者指向纯属虚构和不可能存在的国家。"

我愿意建造自己的"第八大洲"。

每个人都应该有自己的"第八大洲"。

俄罗斯套娃

这将是一篇怀旧的文字。在飞逝的时间中,旧事物是那样多;在纸张一样越积越厚的年龄中,旧日情怀也是那样地多。我把它们放在书柜上,蒙尘和色变令人恍如隔世,仔细一想,也是上十年甚至十几年的旧梦了,旧得刚好从不要想起,却也难以遗忘。那是一套俄罗斯木娃,还有一套三毛的书。它们代表一个女人曾经的心绪。

我抽出了《我的宝贝》。

我看到三毛与失业的荷西走进加纳利群岛的一家小店,他们是奔着俄罗斯套娃来的,荷西看上了最好的一套,二十三个娃娃,最大的一个有膝盖那么高,但三毛没舍得让他买,他们正缺钱。可三毛回台北探亲时,却买了几十套小型的套娃送给亲友,当荷西死去,她才想起要为他买回他钟爱的娃娃,放在他的墓地陪伴他,但那家小店已经没有货了……

今天再读三毛,觉得她的文字是那样简单,可还是让我的眼泪一下子涌上来,我没有想到,十多年不读三毛了,她居然还可以让我流泪。正是她让我知道,世界上还有俄罗斯套娃这种非常好玩有意思的东西。1994年春天,早就不读三毛的书,三毛也不在了,我来到俄罗斯海参崴,到处找二十三个一组的套娃,但我找到的最大的是十个一组的,我用所带卢布的四分之一买下了它们。它们一个套在一个的肚子里,打开一个,还有一个,打开一个,还有一个,打开它们的人获得的是一层层的惊喜。

现在,它们憨立在我的书架上,目光注视着窗外的远方,像在等待。是在等荷西,还是在等三毛?这可能是一个已经令人耻笑的发问了,因为有人说三毛的荷西是不存在的,他是一个假想的爱人,我们都被三毛欺骗了。但是,作为一个热爱过三毛的女人,我更愿意相信三毛。我记得自己曾为她的《梦里花落知多少》流下的眼泪,我记得自己为她的自杀而表现的沉重,那天晚上在中央电视台新闻联播中听到她自杀的消息,我守着她的一堆书呆坐到深夜,却没能为她写出一个字。

三毛令人无语。

尘世间关于她的纷纷的言论,说出的都是表象,是俄罗斯套娃的最外一层。里面的那一层又一层的三毛,没有人能够打开了。三毛不让。

有时我想,三毛如果还活着,现在该是什么样子呢?她也许还在继续漂泊,保持着她在人们心目中的生活姿态;也许她定居在某个小岛,过着比我们更加怀旧的生活吧,她有更多的往事,有更丰富的旧日情怀。可这是多么愚蠢的假设,是绝对不属于三毛的。三毛只在天堂怀旧。

每一个读过三毛的女人,都向往过三毛的流浪和爱情,但是在上个世纪80年代中每一个读过三毛的女人,如今大都在过着实实在在的日

子，进入或准备进入中年，三毛已是她的读者青春时代的一种标记，一个躁动的符号。可能有人在自己的女儿开始读三毛的时候，心底有些毛绒绒的感觉，不过也仿佛一阵微风一划而过。三毛，对于我们这一代人，的确是远去了。

当我读杜拉斯、读伍尔芙的时候，三毛已退入记忆的底部，可当一些所谓的都市言情小说以炒作的方式强行撞入我的视野，我宁愿重温三毛，重温那些纯洁真挚的感情，就算荷西是假的，我愿意受骗。我不能否定自己的过去，热爱过三毛和俄罗斯套娃的年代是值得珍视的，毕竟，那样的时光匆匆而逝，流走的还有自己无法追忆的梦想、冲动、纯情……还有那个年纪的说不清道不明的感觉。

有一天，我又打开了俄罗斯套娃，却已没有了把玩的心境。我想自己是不是已经老了？打开一个，还有一个，这样的发现已不能让人心动，不知道三毛买这木娃娃的时候是多大，如果她还活着，该有六十多岁了，对这昔日的玩偶还有强烈的感觉吗？我想会的，因为她是率情的，任性的，不受时间腐蚀的，这是她与大多数女人的区别。而我们是一些抵抗不了时间的女人，连俄罗斯套娃也在褪色呢。所以只有怀旧的份了，不过能怀旧也是不错的，说明心还是活的，真想知道，这一生，我还能打开几次俄罗斯套娃。

北宋梅，南宋菊

北宋的梅花，一样的风韵逸群，一样的暗香浮动，但对才女李清照来说，那是无忧而幸福的生活见证。饮酒，斗茶，踏雪，赏花，作词咏梅，整理古器书画，这样的日子不知不觉就过到45岁。笛声三弄，梅心惊破，多少春情意！至多，那些梅花瓣不过负担了才女的一些思念、离愁而已，那也是在赵明诚出游或在外为官的日子。日后，想想年轻时的小情小调，真是清淡如云，也只有单薄的梅花载得动。

45岁，是李清照生命的分割线。这一年，公元1128年，李清照所面临的情形是：金兵已入侵两年；她和赵明诚住了二十年的青州失陷，家藏十余屋的书画古器被焚；徽、钦二帝被金兵掳去，高宗即位于南京；赵明诚南下江宁任职。于是，她逃难南下，开始了后半生的漂泊。

历史将一个极善赏花、极善言愁的女人分成两瓣，一瓣留在了怀忧中的北宋，一瓣在动荡不安的南宋飘零。

第二年，赵明诚病故。国破家亡。一个孤独的女人带着丈夫的遗物在战乱中奔逃。没有男人的女人是无助的，那些心血收藏一路散失，被小贼偷窃，被奸官骗走，更令她惶恐的是，有人诬陷她以金器通敌。为了表明心迹，当金兵一路追赶着高宗，李清照带着最后一批古物，也一路追随帝踪，希图投进朝廷。陆路水路，积下多少国愁家愁。

但这厚积的愁、沉重的愁，已远非梅花担得起。在南宋伤痛的土地上，在颠沛流离的生活的停歇处，李清照偶尔咏梅，也是想起了赵明诚，年年雪里，常插梅花醉，说的是北宋时代的幸福生活。这样的日子不会再有。睡起觉微寒，梅花鬓上残，又怎能足以表达孤独女子的百结愁肠？

李清照的目光越来越多地停留在菊花上，不肯离去。

说帘卷西风，人比黄花瘦。

说满地黄花堆积，憔悴损，如今有谁堪摘。

说秋已尽，日犹长，仲宣怀远更凄凉。不如随分尊前醉，莫负东篱菊蕊黄。

公元2001年初冬，淡淡的阳光斜打在我居室的榉木窗框上。我读宋词。读这些踏过八九百年尘土的句子，大珠小珠落玉盘的句子。我想，这是一件多么了不起的事，一个女人绵长的愁，绵延了千古，那是闺阁私愁与国愁绵密的交织。南宋的菊花就这样负载起了才女的愁苦离痛，打动了一代又一代人。没有人怀疑唐诗宋词的经典性，直到又一个千年开始，纯净的唐诗还在用于儿童的启蒙，但我怀疑，现在还有多少人在读宋词？因为谁再读宋词，好像是一件不合时宜的事了。

宋词是一件艺术品，现代的匆匆忙忙的人们已没有时间更无心境把玩，现代人不需要它。需要花，需要酒，但不需要词了。人们没有苏轼那样的壮怀，没有李清照那样的深愁，没有陆游那样的忧愤。但这不是词的悲哀，也不是现代人的悲哀。宋词永远在那里，等待极少的人触摸，等待继续流传。在这个流行文字快餐的时代，我再一次触摸了它，却是因为这个女人。

一部《漱玉集》，一篇《词论》，她使那个时代自以为是的男人们瞠目结舌。当然宋朝有品位的男人还是欣赏女人有才气的，但只能是小才气，她的大才令有些人不安和嫉妒，她对词坛名家的品头论足，招来的只能是忌恨。她犯了那个时代做女人的大忌。可一个人的旷代才情又如何压得住呢？她还忍不住要把自己毕生所学传教给一个聪颖而颇有淑质的少女，但少女谢绝了，理由是：才藻不是女人的事。

被少女谢绝一年后，一代才女在故土难归的失望中，在极度孤苦和悲凉中，悄然辞别了乱世。这个世界从来不懂得保护英才，包括任由一个女人的著作秋叶般飘零散失，我们能看到的仅是一叶。我们只能一叶知秋。

秋是菊的季节，直到初冬。我已经穿上了大衣，我们办公大楼的门前和走廊还摆放着菊花，白的，紫的，黄的。如果在心中做一个选择，我选白的。黄的，是李清照的。

听一只鸟在说什么

严峻时代的女皇和月亮

阿曼达·海特的《阿赫玛托娃传》,像一块幕布,对着我映出了两个影子,近的是阿赫玛托娃,"俄罗斯诗歌的月亮";远的是茨维塔耶娃,"俄罗斯文学的女皇"。

在明晃晃的秋光里读《阿赫玛托娃传》,我看清了黑夜里的一些事情。原来有一种黑暗比光明更令人惦念,因为黑暗拼命地掩盖光点,光点顽强地在夜幕中闪现,在人们的心目中闪现。

寂静的深夜里,阿赫玛托娃的女友急匆匆走在街道上,她一遍又一遍地重复着刚刚读到的诗句,生怕忘记一个词,那正是阿赫玛托娃的诗句,而写在纸上的诗句已被烧毁,她受托将这些诗句记在脑海里。此时,在巴黎,与阿赫玛托娃神交已久但从未谋面的茨维塔耶娃,同样被剥夺了写诗的权利,陷于孤立无援的境地。

这正是俄罗斯历史上严峻的时代,是俄罗斯诗歌白银时代横遭摧残和埋没的时代。

不久后的1940年初,两位女诗人在莫斯科会面了。她们在阿赫玛托娃的房间里待了一天,阿赫玛托娃没说过她们谈了些什么,而茨维塔耶娃可能没有机会说出这一切,因为一年以后,她在流放地自杀了。阿赫玛托娃深感震惊,但她顽强地活到60年代并看到了自己辉煌的终点。

作为阿赫玛托娃的一本传记,虽然茨维塔耶娃只是被几笔带过,我还是发现了两位女诗人相同的命运。她们同样有亲人被杀害、被流放,同样诗歌被禁,同样因为不能发表作品,没有生活来源,而过着贫困的日子。我头一次意识到,这是两个背负着黑夜重负的女人。黑暗吞噬了茨维塔耶娃手中的香烟,吞噬了阿赫玛托娃美丽的大披肩,然而,那样笼罩着大批优秀的男人又不放过同样优秀的女人的暗夜,怎么能遮得住人们头脑中跳跃的精灵呢?阿赫玛托娃用室内性的狭窄的生活材料,在

第五辑 万物的疼痛与欢乐

不为所容的严峻时代，为俄罗斯诗歌恢复了澄明的世界；茨维塔耶娃以激情、痛苦、隐喻、音乐所汇成的诗歌瀑布，从未停止过倾泻，向人们呈现着她卓然不群的艺术魅力。她说："人在地球上的唯一使命是忠实于自己，真诗人总是他们自己的囚徒。"

我是这样的囚徒的崇敬者，因为我是世俗的囚徒。

我以为女人在通常情况下是比较难以抗拒世俗的，女人的柔情弱骨更容易为世俗所左右，像俄罗斯这两位女诗人这样，宁愿忍受打击排斥和贫困潦倒之苦，仍坚守诗歌艺术追求，应该是一种风骨之举。也许她们并非刻意，是上苍赋予了她们天才和诗性，不过能将这诗性与人生完美结合，始终不渝，却绝不是一件轻盈的事情。

比较起来，我更喜欢茨维塔耶娃诗歌的开阔和激荡，可惜1991年我在哈尔滨道里书店从朋友手中接过她的诗集时，并不知道她的价值，随后，我在1992年第一期《世界文学》上读到她与里尔克和帕斯捷尔纳克的书简时，还以为她的生活是轻松浪漫的呢，事实上，那正是她流亡国外的苦难时期。而阿赫玛托娃诗歌的贵族性、"室内性"和"女性音色"，可能更能赢得女性读者的热爱。她传记的作者写道，她去世后40天，亲朋好友们来到她的墓地上放鲜花，"雪地上可清楚地看见某人留下的一串脚印。当他们走近诗人的墓地时，站在墓前的一位妇人转身就走。谁也不认识她。这是一位不知姓名的俄罗斯妇女，她头戴灰色头巾，身穿棉背心，这样的妇女在俄罗斯有很多很多。"

人们就是这样以自己的方式记住了诗人。黑暗笼罩了大地上的一切，但群星却在天空璀璨，我更不能忘怀的是，那些令人难以忘怀的光芒，有一部分是由背负苦难的女性的智慧发出的。

伍尔芙的阅读时光

我们已经习惯叫她伍尔芙，但现在，我更愿意叫她弗吉尼亚。我认为这个名字应该比她的夫姓更能代表她自己。

将近一百年前，22岁的弗吉尼亚就开始对前辈们的作品开始品头论足了，她每天坐在卧室里，将手中的钢笔从左移到右，从10点到1点，专注地从浩如烟海的书本中，搜寻闪烁的灵光，与此同时，她还要与徘徊在她与稿纸之间的幽灵进行斗争，因为那个幽灵总是附在她的耳边说："我亲爱的，你是个年轻女人。你在评论一本男人写的书。你要可爱一点；温柔一点；说些奉承话，骗人话吧；把我们女人全部的诡计和把戏都用上。永远不要让人猜出你有自己的头脑。别忘了，要做个纯洁的女人。"当然，她赢了，她做到了用自己的头脑"对小说加以回顾，表达自己认为正确的人际关系、道德、性别的观点"。

很多年来，我一直对自己阅读史的滞后、简短和阅读面的狭窄和空白点耿耿于怀，到如今，当自己终于有了一个不大不小的书架并且上面塞满了书，我发现这种补偿性的努力为时已晚。因为被贫穷贻误的阅读时光是难以追回的，因为阅读被挤出繁忙的工作和生活的危险，令人对一些规模庞大而水平顶尖的书产生畏惧，犹如我惧怕阅读《金枝》、《尤利西斯》、《追忆似水年华》、《存在与时间》和《管锥编》，现在，我又有些惧怕阅读厚厚的四卷本的《伍尔芙随笔全集》了，我好不容易读了第一卷，又在读第二卷，而第三卷、第四卷的阅读又不知会被什么事情打断，落得我前面说到的那些没有被我读完的好书的命运。我想说的是，弗吉尼亚的这些令人一时难以读完的随笔，背后支撑的是她多么巨量的阅读！她的阅读时光令人遐想，那是她身为评论家和传记作家的父亲的书架带给她的幸运时光，她令人羡慕地"想读什么就读什么"，令人羡慕地置身于家学的渊源中。然而，把巨量的阅读变成大量的真知灼见,却是令人钦佩的事了,那是天才与优越的完美结合。

没有哪个女作家能像弗吉尼亚这样广博、雄辩,她对前辈及她同时代作家的大量的评论,显现出她视野的开阔和非凡、睿智的评判能力,显现出她表达的精确和思想的深邃。她对写作女性和职业女性命运的关注,表明她对性别群体在民族传统中的位置和处境的极大关注,那些叛逆的理论探索,使她成为女权主义理论的先驱,虽然在当代她所论及的那些女性写作或工作所面临的实际困难和心理障碍大都已不复存在或大有改观,但她使我们明了女性走过的路,明了女性写作的历史,明了我们今天作为一个写作的女性或工作的女性的幸运。当我读她的小说《墙上的斑点》,我能感到她敏感的个性和她几次疯狂的精神特质,但她随笔中的从容、优雅、高贵和汪洋恣肆,却是她的另一种深富学识和修养的特质。虽然弗吉尼亚在还没有老迈时就因不堪精神疾患的折磨而自杀,但我还是要说,上天是厚爱她的,上天慷慨地给了她两种对立的特质,像两支火把,她用来燃烧了她全部的天才。

2001年的秋天,我拥有了弗吉尼亚·伍尔芙全部的随笔,屈指数算,她的肉体离开她的精神已整整60年,差不多是她生命的长度,但不算长久,正可以通过她的书追踪她生命和思想的时候,我想我无论如何也得把它们读完。在这个流俗的物质主义的时代,她所创造的雅致精妙的艺术,对美和精神的价值不是一种维护吗?她的这些诞生于阅读的随笔,对我疲惫呆滞的阅读心理是一种鼓舞,我重新看到了阅读老作品的意义。

还有阅读新作品的理由——热情和期待。弗吉尼亚正是这样告诉我们的。她在一篇《阅读时光》的随笔中说:"我们看到许许多多的书籍问世,而且经常有人告诉我们现如今人人都能写作。这话倒也不假;然而我们毫不怀疑,在这一堆滔滔不绝的语言的洪流与泡沫中,在这些洋洋洒洒的庸俗浅薄的作品中,还存在着某种伟大的、如火如荼的热情,只要有一个大脑碰巧比别人的大脑更高兴地转动一下,就能产生出流传百世的作品。"这话仿佛是今天刚刚说出的。

我们再也不能错过还剩有余地的阅读时光了。

听一只鸟在说什么

帝企鹅的生存承诺

2005年的夏天是炎热的，在摄氏35度高温的时候，我却在大连的极地馆，隔着厚重的玻璃，看到了一窄条寒冷的南极，以及这个冰雪世界上最漂亮最有风度的鸟——帝王企鹅，它小小的黑黑的脸上那一抹闪亮的明黄，的确使它具有帝王的风范，有尊严，有气度。玻璃箱内没有风暴，没有凶猛动物的残害，所以，那时候，我以为它们是幸福的。

但是，到了秋天，我有幸看了碟片《帝企鹅日记》，我被一个个陌生的镜头，一次次的，深深地震撼了，原来它们有那样苦难、悲凉、惨痛的过去，如果它们还在南极，也将有那样苦难、悲凉、惨痛的未来，那就是生存和繁衍的艰难，坚忍。它们的生命要经受太多的漫长的磨难。我不知道，在自然界里，还有哪种生灵活得如此不幸。

每年二月，当南极的夏天接近尾声，成百上千的游泳健将帝企鹅，就一个接一个从冰洞中跃出水面，离开温暖的海洋，向着冰原的深处，开始了旷日持久的艰难旅程。它们用肥肚皮在冰雪上滑行的样子，它们一不小心摔倒的笨拙滑稽的样子，都让人忍不住发笑。可是接下来，谁都不可能笑出来了，经过几十天近百英里的艰苦跋涉，它们终于到达它们出生的故乡，一片极度严寒、风雪凛冽的冰原，帝企鹅祖祖辈辈都是在这里出生的，因为只有这样严酷的地方，才没有其他强大生命的威胁。它们开始求偶，散乱的队形变得成双成对，然后母企鹅产下一枚蛋。这枚宝贵的蛋让母企鹅消耗了太多的热量，于是它和姐妹们一起，再经过同样的跋涉，回到海洋觅食，补充体力，也为日后孵出的小企鹅积累食物。孵化的重任就交给了公企鹅，它们小心翼翼的用脚和肚皮夹着蛋，保护着这枚蛋，为了保持孵化温度，它们聚在一起，彼此身体贴紧，用后背对着肆虐的风雪，过一段时间，外面的和里面的再交换位置。3个月后，小企鹅出生了，企鹅妈妈如期出现在地平线上，接替企

第五辑 万物的疼痛与欢乐

鹅爸爸，开始喂养小企鹅，短暂的团聚后，体力殆尽的公企鹅再前往海洋寻找食物。气候变暖之后，大块的浮冰开始融化，成年企鹅便会带着幼子再次开始绵延数百英里的迁徙，直到小企鹅第一次学会在南极洲的深蓝海洋中遨游为止。至此，一年中三分之二的时间过去了。当下一个冬季来临，企鹅们再度跃出冰洞，开始重复之旅，建立新的家庭，繁衍新的生命。

这是一场多么艰难的生命之旅啊，这是一场苦刑，而且是在顺利的情况下。很多的时候，企鹅妈妈在路上遇难了，体重下降一倍的企鹅爸爸无法再坚持，只好丢下小企鹅去海洋了，小企鹅被冻死、饿死，活下来的只有三分之一。于是我想，为什么这样严酷的生存方式，要由这样可爱柔弱的生命来承担？那一片白皑皑的世界里，那一片向着呼啸风雪的黑色的瑟瑟的脊背，令我永生难忘。然而，这就是帝企鹅们的选择，它们义无反顾几乎偏执的不断前行，动力就是生生不息的信念，在天性和本能的指引下，它们从不会迷失方向，不管多难，总会走到繁衍之地。

可惜，在大连极地馆，我只是随着人流匆匆地瞥了它们一眼，如果我早一天知道它们的故事，我该多停留一会儿，深深地向它们致敬。

我也该向导演吕克·雅盖致敬，他在零下四十度的严寒中苦干了十三个月，我们才能看到帝企鹅们在严寒南极中的绝美影像，以及这个种族与生俱来的史诗般的命运。与他的《迁徙的鸟》的记录式相区别，《帝企鹅日记》更像一部剧情片，再加上人性化的配音与解说，让我们更相信这就是一场以帝企鹅为主角的童话电影，却是一个足以打动世界的真切故事。他让我们内心中最坚硬的部分也变得柔软了，开始流淌爱和思想的溶液。他让我们看到，在荒凉的地方，爱情不荒凉，生命不荒凉，坚韧挺拔的精神不荒凉。

也许，这在帝企鹅自己看来是很普通的一件事，它们对生命的坚持，对自然的抗争，对生存的努力，以及它们之间的那种朴实、清新的感情，都是一种命定，却令人类动容。动物与其生命本身都有一个约定，一个承诺，一个本能的承诺，它们不曾想过要破坏，也没有能力去改变，只是忠诚的代代相传，唯有人有能力改变承诺，所以人是大自然中最不可靠的物种。因此，越是本能的东西，越是简单的，也是最能打动人的。要说帝企鹅有什么幸运，就是它们遇到了人，又遇到了吕克·雅盖，正是这种相遇，实现了人与小动物的沟通，人与南极的沟通，人与自然的沟通。

衣柜中的传奇

《纳尼亚传奇》的碟片春天就买了，那时它刚刚获得奥斯卡大奖，可是一直拖到盛夏的一个夜晚才看，原因很多，其一就是，它是票房奇高的大片，我怕看到它的形式大于内容，娱乐大于意味，我怕失落。没有想到，它让我这个不好动声色的人竟有些激动了，悔不该这么晚才看。

幸好，没有错过。

我该从哪儿说起呢？还是先说故事吧。战争来了（是二战），父亲上了前线，一个英国家庭的四个孩子，被母亲送到乡间一个神秘的大宅里躲避战火。有一天，他们玩起捉迷藏的游戏，最小的孩子露西藏进顶楼的一个衣柜里，黑暗中有什么东西妨碍着她，她躲来躲去，却掉了下去，掉进一个洁白美丽的冰雪世界——魔法纳尼亚王国。那次，她遇到了善良的半羊人杜玛思，得以返回。哥哥姐姐们谁都不信她的发现，为了证实自己不是幻想，她再次钻进那个衣柜，二哥爱德蒙跟踪了他，也来到纳尼亚，但他运气可没那么好，遇上了千年不死、自称为王的邪恶的白女巫。此时，纳尼亚正流传着一个预言，真正的王——亚斯兰回来了，将在人类的帮助下重新统治王国。所以，人类就是女巫的敌人。好动的爱德蒙被女巫诱骗，出卖了妹妹和杜玛思，并答应将兄妹几人全部带来。不久，因为在宅里闯了祸，四个孩子一齐躲进衣柜，一齐掉进纳尼亚王国，就此开始了他们在魔幻王国的惊险之旅……

　　我得承认，《纳尼亚传奇》真的好看，是真正的视觉盛宴。你可以拿它与《指环王》比，与《哈利·波特》比，但怎么比，它都是一个独一无二的世界。那是个异常洁净美丽的童话世界，所有的动物都会说话，人身鹰爪怪、半人半牛怪、半人半马怪以及其他各种精灵妖怪，都在同一个幻想世界中互动。可你却不觉得生硬虚假，因为都是真人扮演的，他们一个个都是有血有肉的生灵，组成一个真实的与人类的世界并存的另外的世界，这对于拍摄当然是一项浩大的工程，难怪会拿到奥斯卡的最佳化妆奖。迪斯尼是伟大的，在这部片子里，它让你同时感受非凡的想象带来的趣味，还有惊悚，还有思考，还有感动。这就是说，这部电影在娱乐、动作、想象和内涵之间，找到了一个圆满的结合点，让你沉寂多年的想象力开始复苏，懒惰的脑海涌起波浪。

　　在视觉的愉悦中，我一直惦记着四个孩子的命运。他们一到纳尼亚，爱德蒙就去向女巫报告了，但他并没有得到想吃的土耳其饼，而是被拘押了，他面临着死亡，也亲眼见证了女巫的凶残和暴政，她拥有强大的法术，在王国里为非作歹，整个王国如今终年冰雪覆盖，无论是人还是动物，只要不服从就会被她变成石像。而其他三个孩子在一对小动物夫妻的帮助下，历经艰险，逃过女巫的追杀，终于找到了正在聚集军队的阿斯兰，我原以为那一定是个英俊的王子，却原来是一头雄壮稳健的狮子！他派手下的大将救回了爱德蒙，但女巫以惩戒叛徒为名，来要爱德蒙，可敬的狮子拿自己的性命作了交换，曾经那样威风的狮王，于是被剃光了漂亮的毛发，受尽污辱而死。老大彼得担起重任，四个孩子都上了战场迎战女巫，这时候，那头狮子复活了，女巫忘记一条咒语，那就是将不是叛徒的人处死，人会还会复活。他将那些被女巫变成石像的人和动物复原，带他们来到战场，最终战胜了女巫。但是，将王位分给四个孩子后，狮子却安静地走开了……

　　看着狮子隐退的背影，我读出的却是这部电影一些积极的信息，把

它们简约为词汇，那就是正义、信仰、力量、亲情……我为久违的善良的童贞激动，为狮子大气的牺牲而感动。四个孩子本来是为了躲避战争而来到魔法衣柜所在的房子，不想却被卷进另一场战争，这似乎是人类的一个宿命——不停的通过战争调整组合和序列。

可以说，很多战争是为了称王为了扩张而发动的，可亚斯兰在人类的帮助下重新赢回纳尼亚，却选择了淡泊地离开。你会为此困惑吗？当四个孩子长大，骑在马上一同巡游，又来到纳尼亚的入口，他们想起了什么，他们又一起钻进入口，一阵喊喊喳喳你推我搡，哗啦一声从衣柜里掉回现实世界，依然是四个孩子。这时你会恍然醒悟，再大的王国，不过是衣柜中的一个小世界，你会明白狮子的选择。

第六辑

溪山清静且停停

小 街

　　搬进偏远的新居两年，我经常站在十一楼的窗口眺望。天高地阔，视野明朗，楼房和树木低矮迢递，感觉自己住在天上，与世俗生活拉开了距离。眼下，山未绿，街角的黄柳又远，春天是隐约的。

　　近来去旧居附近办事，走在亲切的小街上，忽然强烈地怀旧。

　　小街素颜未改，两边的生意摊子，诸如菜摊、水果摊、肉铺、熟食店……格局、内容依然配着原来的主人，他们在棚下安静地坐着，见我走来，热情地招呼。我本"近乡情怯"，看到他们的笑脸，一下子心里实落了，站下来，跟这个聊两句，跟那个招招手，心里感动。实在讲，跟他们哪个都没有交情，说过的话，不过就是某东西多少钱一斤？有没有新鲜的？一共多少钱？十几年的交流，仅限于钱与物的交换。可为什么离开了，再遇见，却有了亲近的情愫？

　　是时光中积累的街坊情分吧。薄而淡，却是久而深了。

　　十几年里，我每天在他们的注视下走出小街，又回来，每天重复，彼此保持着距离，却刻下深深的印象，甚至产生了信任。我经常忘记带钱，却可以把东西拿回家，下次出门再去付钱。有时忘记了，他们也不讨要，他们相信我终能想起来，我也真的不负所望，总会想起来的。

　　还有那两棵柳树，黄绿的，低得伸手可触，是小街上最抢眼、最润泽的部分。

　　从前的春天，我总是站在二楼的窗口，看着它们泛青、转鹅黄、转

绿,春天的运程,寸寸看得清。有时我也会从那下面走过,一树的春绿入怀,心里软软地。此时再见二柳,方知,春天其实很清晰、很近了。从未料到,我会在这小街上,感知了春天的莅临和时光的逼迫,感到生活的真实,以及世俗烟火的魅力。当初急吼吼地搬走,哪想过有一天又要怀旧呢。

小街窄窄的、满满的,却是令人踏实的。低凡的生活,有滋有味、可触可感。

终于明白,七仙女为什么要下凡。

溪山清静且停停

山呢,无有大气魄,只是一座座小而相连,却也峰峦层叠,蜿蜒绵远,使其超越了平淡,见出风景的意味。艳艳秋光,因为斜阳,投下些许的暗影,但一方的秋水是明亮的,山坳里一片农家的瓦屋顶是明亮的。我立于水库的岸上,痴看近水的碧清瓦蓝,遥望那片屋顶的砖红温暖,还有山顶清晰的轮廓线,不由得怪起自己,陷在碌碌无为的日子里,辜负的岂止是秋光!

不如直说吧,山是里口山。那鸡洼人家是刘家疃。

毗邻而居一年又半,总见40路公交车前窗上"里口山"的标识,总听说小区里的谁谁,骑着摩托车,去里口山采了蕨菜,采了灵芝,我便对那风景略略地怀想,却不能落在腿脚上。张村一带,四周都是好去处,却是荒野之美,不便于女子独行。偶发奇想,欲玩一把女扮男装的游戏,也是瞬间又被懒惰替代了。近来先生休假,终于抓到他人影,耳提面命,才有这短时一游。游的也不过是里口的局部。

我想了半天,想不出里口这名字的道理。我呆立着,被一种胜于风景的东西击中。

清静。

就是这种感觉。当出租三轮车放下我们,突突突远去,我的耳朵里一下子空了,因而心里也宽阔起来。于是,山鸟婉转,秋虫唧唧,鸡鸣与狗吠呼应,人声的呼唤,在山谷里温软地荡着。每一种声音,都粒粒饱满,清晰明亮,同时响起时,又互不干扰。

因而,眼见的,也都是静美的。满枝的红平果算是闹的,可它们的沉实又将这闹意稳了下来,何况树下还有一位老农在吸着烟歇息。高高的柿子树,枝叶稀疏,桔红色的柿子像小小的灯盏。历经春花灼灼,夏果累累,蟠桃树只余静美青意。农家碧绿的菜园,整齐的细柴垛,都是安静的生活。突然想到,山坡上低调的野菊,以及路边水边高秀白亮的芦花,出现在静秋里,自是有植物的道理的。

真想赖下来不走了。山嘴之外不太远的远处,即是高立的丛楼,一个喧闹的可供诸多选择的世界。动静如此之近,又相隔两忘,也是奇迹,我们若想穿行两边,不是很方便的事吗?可,里口安静的命运早晚有个头,这里已是规划中的风景,终究有热闹的一天,那些清静的山民喜欢投身于闹市吗?不管喜欢不喜欢,他们都是要离开的。我又如何赖得下来?想到里口的将来,心里不免失落,什么地方,一旦热闹,就不能免俗,没有意思了。

一条山路,坑坑洼洼,向山里边弯去,有时是拖拉机拉着一头奶羊颠过,有时是小轿车扭扭歪歪滑过,有时是摩托车突突奔驰而过。我们猜测着,他们去干什么,是路过,还是有意走过。他们都没有停下来。我便想起清代学者李渔在他家乡主持修建的一个过路凉亭,名叫且停停。他出联语云:"名乎利乎道路奔波休碌碌;来者往者溪山清静且停停。"

且停停。这名字真好。

溪山清静,也正是里口的特点。

世上这样一个奢华的凉亭,近在旁邻,不是我们的福祉吗?我已经为来年春天作打算了,去看桃花,去采蕨菜……

相思鸟解词

我认识的鸟极其有限。麻雀、喜鹊、乌鸦、燕子，这些是儿时认得的。住在海滨的十几年，认识了海鸥。一次，跟朋友去一个富人家的别墅，又认识了大鹦鹉。走近想看个仔细，它突然用太监的嗓音说："恭喜发财，祝你健康！"令人一怔，进而大笑。

前段时间，父亲在集市上买回一对绿色小鸟，我又认识了小鹦鹉，说是鹦鹉的另一个品种，怎么教也不会说话的那种。此前，父亲说要养鸟，我泼冷水：没处放，只能放屋里，每天早晨，还不早早就被吵醒了？这对小鹦鹉却像两个小哑巴，相依相偎着，缩在笼中的横杆上，一天到晚没个动静。

我不去上班，坐在书房写字的时候，就听隔壁的父亲在跟谁说话。我停下键盘的敲击，细听。"膀一个，膀一个，嗳，好膀，好膀。"我哑笑。父亲像在哄一个幼儿。父亲寂寞呀。晚上，吃饭的时候，父亲说，小鹦鹉会对他伸翅膀。可谁也不把这当回事。过了一些日子，只要父亲走到笼前，不用说"膀一个"，两个小家伙就主动伸翅膀。我们都不信，有一天，人多的时候，大家要求验证。父亲又走到笼前，两个小家伙当然很长脸，大家信服。而且，因为熟悉了环境，我们也经常能听到它们优雅清脆的叫声了。

父亲养鸟的信心大增，又去集上买回一对我没见过的小鸟。比麻雀大不了多少，红嘴巴，翅膀伸开也是红的。父亲说，这是相思鸟。大名鼎鼎，我得好好看看。贸然走到笼前，两个小家伙扑棱棱一阵乱飞，可没有小鹦鹉那般优雅。而且，它们叽叽喳喳吵个不休。以后，每次看到的它们，都是在笼中跳来跳去，吵吵嚷嚷，没个安稳的时候。父亲像训小儿一样训它们："你们这两个小家伙，给我老实点儿。"

父亲每天早起，第一件事是看他养的小鸟。一天早晨，父亲照例走到笼前,就见一只相思鸟,脚别在笼子的空隙间,嘴插在食槽下,死了。

另一只相思鸟,不那么蹦了,只孤单地叫。晚上,我们一起吃饭时,父亲说:"剩它自己了,没章程了。"

也就四五天的时间,我下班回来,见走廊里有一个用过的鸟笼。竟没有多想。忙着回自己家,换了衣服,再到父亲这边来,就忘记了笼子的事。吃饭的时候,父亲沉默着,不似往日,什么都说。屋子里很安静,我说:"剩下一只相思鸟,就没有那么大的动静了。"

父亲说:"死了。"

"啊?怎么死的?"

"不吃不喝,饿死的呗,瘦得巴巴的。"

父亲又沉默了。我说:"再给你买一对吧。"

"不要,再不养这种鸟了。"父亲闷闷不乐,再无话。

我这才真正认识了相思鸟。到百度上,打上相思鸟的词条,看了许多介绍的文字,都少不了令人心动的一条:相思鸟雌雄彼此忠诚,在西方国家更受推崇。

经验是,推崇什么,就是缺少什么。

仅仅是西方国家吗?世风堪忧,薄情遍地。

想不到,此生竟亲见相思鸟,以如此决绝的方式,告诉人类,什么叫做禽兽不如。

破折号横穿两岸光阴

大约十七年前,美国著名作家、评论家苏珊·桑塔格,在伦敦街头偶遇一本英文初版小书《巴登夏日》,她被震撼了,称其为杰作,

又不遗余力，为确立其在文学史上的地位而好一阵奔忙。她说："如果想读一本书就能体验到俄罗斯文学的深刻与力量，那就读这本书；如果想读一部小说灵魂就变得更坚强、对感情的理解就会更博大，那也就读这本书。"

显然，她挖掘出了俄罗斯又一位伟大的作家。俄罗斯的文学现象真是耐人寻味，好作家、好作品老是被深埋着，冷冻着，等待时机，等待被吃力地挖掘出来，抖落灰尘一朝成名。我喜欢的布尔加科夫与《大师和玛格丽特》就是如此。

我想桑塔格的话，一定不是不负责任的忽悠，急忙去网上买到《巴登夏日》，一口气读完，竟也难抑激动兴奋。很难相信，这本书的作者列昂尼德·茨普金，在这本书出版前并不是作家，而是一位发表过很多医学论文却没有发表过一篇文学作品的医生！因为这本书实在是精彩独特，手艺娴熟，气象万千，不像业余作者写的，有大师风范。其实茨普金酷爱文学，除了不停地写医学论文，也在一直不停地写文学作品，没发表过一个字，不是他的水平不行，而是他不是圈内人，以及审查制度和种种威胁。《巴登夏日》写好后，还是一个朋友带到国外，在国外一家报纸上连载的，可刚刚连载了一周，他就猝发心脏病去世了。能够一个字也没发表却一直写下去，哪来的动力？只能用酷爱来解释。我敬佩茨普金的酷爱。

茨普金酷爱文学，更深爱着文学家陀思妥耶夫斯基，读了他全部的书，查过他全部的资料，去过他去过的所有地方，终于以《巴登夏日》的成书，给自己的双重酷爱一个绝佳的交代。这本书非一口气读完不可，茨普金自己的旅行和陀氏与第二任妻子安娜的新婚旅行平等交错着向前推进，行文上有火车奔跑的速度，你会被这速度带着向前跑，欲停不能，而文字的密集，也使人很难找到停顿下来的地方，也不忍停顿下来。我很惊奇，开头部分，一个段落持续了二十多页，才开始另一个段落。而全书呢，也不分章节，只有后面三分之二处有一行空白，表明前边是旅行的内容，后边是到达终点的内容，几十页一个段落是常事。然而，全书读起来，却并不沉闷，不分段的文字密集得吓人，却让人读得愉快，秘诀在哪儿？

这就说到我的另一个惊奇——茨普金对破折号的神奇运用。这本书中，去掉19页的前言和44页的后记，一百六十多页的内文，每一页总有七八个破折号，一百六十多页该有多少个？在标点符号中，破折号是最笨拙、最没有美感的，茨普金却拿它当美丽的桥梁，一岸是陀思妥耶夫斯基的旧日时光，另一岸是他自己的现实时光，他在这两岸时光中自由穿梭，却不留任何痕迹。这破折号还是一根颤悠悠的扁担，一边担着陀氏的写作旅行、苦役经历、癫痫发作、无尽无休的赌博以及与安娜的赤热爱情，最后是沉重的死亡；另一边担着茨普金对陀氏的痴迷热爱，对陀氏足迹的追踪，对史料的忠实，对细节的想象，对陀氏的思考和疑惑……

是的，茨普金就是用这些破折号拉长了句子，叙述绕着对话，对话缠着描写，在时间中奇妙地跳来跳去，场景自如切换，在不长的一本书中，尽可能地包容糅合了不同时空的内容，最大限度地扩展了一个句子所涵盖的深度和广度。他对他热爱的作家，给予了最深的理解，他用鲜活的语言，让我们看到一个真实的可触可感的陀思妥耶夫斯基与安娜——他们不是从资料中走来，而是从生活中走来。不止如此，普希金、屠格涅夫、冈察洛夫、茨维塔耶娃——出场，让人再次感到俄罗斯文学天地的强大。

茨普金对陀氏的困惑是，那么一个"在自己的小说对人类的苦难极其敏感的人，为那些'被侮辱与被损害'的人孜孜不倦地鸣不平的一个人，热情地捍卫地球上所有生命并为每一片树叶和每一根小草深情地歌唱赞美诗的一个人，却不为被压迫了几千年的民族说一句公道话……"陀氏反犹，茨普金正是犹太人，但一个仍然热爱另一个，只能说是文学的力量，茨普金对文学的执着已不是简单的酷爱，而是俄罗斯文学精神的强大延伸。

后记中提到俄罗斯某评论家的话："阅读《巴登夏日》对于每一个打开这本小说的读者都是一件大事——哪怕只是出于读读有着独一无二的激情和语言的散文的简单的愿望。"在阅读生活日益危机的今天，阅读这本书谈不上什么大事，但于我，是幸事，快意之事。

一幅关于赫拉巴尔的拼贴画

你读过赫拉巴尔吗？

我不曾这样问，我自私地将赫拉巴尔珍藏。但是，关于这位伟大作家的传记来到中国后，却被命名为《你读过赫拉巴尔吗》，原由是，作家的作品来中国已近十年，有十几种之多，依然默默，未有众识。

我恰好可以自豪地说：我读过赫拉巴尔。

2003年已经去得遥远，我仍记得慢读《过于喧嚣的孤独》那种感觉，那种激动。它是赫拉巴尔最钟爱、最在乎的"孩子"，是他关于生活、哲学和诗歌的水乳融合，他说他只为写出它而活着。此前，我从不知道，废品回收站除了废品，还有什么，但赫拉巴尔潜心在那里，苦思、寻觅，发现了哲理，又勤劳地灌注了诗性。这不是一本能速读的书，是浓缩的思想精华，要慢慢消化。这样的作品，注定要被浮躁时代的垃圾淹没，如果是上个世纪八十年代，他可能会和他的同乡昆德拉一样，影响一批人。我只能说，赫拉巴尔，你运气不佳。

这本传记，证明了作家文运的坎坷，却也传奇。在国家政权轮替和革命变更的时代，赫拉巴尔的作品，在底层的读者中遍地开花，却时常受到高层的打压，他直到49岁才出第一本书，差不多每一本书都是先行自费在地下出版社出版流行，过上一些年，才能由官方出版社出版。这种状况，反反复复，幽幽暗暗，弄得作家仿佛在与文学顽强搏斗。恰恰在那些不受待见、作品被禁的年代里，他躲进林中小屋，自由地写他最想写出的东西，反正不能出版，也就无所顾忌，阳光把他的打字机晒得一分钟就要卡壳一次，但他并不停下来，不停地打，字超出了纸边，打在滚筒上也不顾。他十八天就写完了长篇《我曾侍候过英国国王》，被传抄流转，二十年后才正式出版，他去世十年后，此书又被拍成电影，那是一部优秀的严肃的喜剧。

听一只鸟在说什么

赫拉巴尔生前喜欢拼贴画，动不动就操起剪刀和浆糊，把一些不相干的东西拼贴在一起，让人思考。他的忘年交朋友，同为作家的托马什·马扎尔，可能就是受了这种启发，将这本《你读过赫拉巴尔吗》也做成了一幅拼贴画。头一次知道传记可以这么写，先是作家逝世前的日日夜夜，作家的晚年，然后是作家传奇的文学生涯，再后是作家学习、生活、兴趣爱好各方面的故事。你可以随意从任何一个地方看起，最后你会了解一个丰富完整的赫拉巴尔，在自己的头脑里整合出一个复杂的伟大作家的形象：底层的，貌似粗野的，却是惯于思索的，有立场、有趣、有诗性的人。一个温柔的粗汉。

在中国，会有一个法学博士，却到钢铁厂当工人，在废品回收站当打包工，在剧院当布景工吗？这却正是赫拉巴尔的生活轨迹。他愿意这样身处底层，眼向上看，以工人的目光，看精神化的世界。每天下了班，他必去的地方是小酒馆，就连跟美国总统克林顿见面，接待世界各地来的粉丝，也是在小酒馆。他在这里倾听别人的故事，醉酒，引人注目，然后蹒跚回家。这大概可以注释他说过的一句话："当我不写作的时候，其实写得最多。"他也胆怯，也自卑，也忧郁，甚至一直想着自杀这回事。他靠写作来抵抗这一切。他称："这是对现实微弱光芒的寻觅与发现。这光芒照亮的不单是写作者，还有那些没时间写作的人的道路。"

是的，像赫拉巴尔这样的艺术化写作，的确可以部分地照亮自己，更多地照亮别人，但最终却无法照亮自己的老年。老年的赫拉巴尔，死了老伴，膝下无子女，醉酒度日，头痛脚痛，浑身痛，每天早上想的都是自杀。1997年2月3日，在医院里，他到窗口喂鸽子，摔到楼下，死去。他与酒精，与文学的搏斗结束了。他仿佛是有意证明他在《哈乐根的数百万》一书中表达的观点："旧世界渐渐离去，新时代已经无法忍受以往的一切，剩下的只是一块上面散布着数百只按过死亡通告图钉的布告牌。此外还有坟墓，可就连这个，到最后也被毁掉。一切都被扫除，恰像一个孩子在玩完积木之后，哗啦一下将他们从桌子上扫掉，以此来增加游戏的荒诞性。"他就像他说的那个孩子,把积木扫到了地上。

我对着关于赫拉巴尔的这幅拼贴画,这看一眼,那看一眼。就像看他的作品一样,荒诞、幽默、沉重,各路的情绪流,慢慢汇集起来,在心里满了。放下书,呆望着作家满是皱纹的肖像,想得更多的是他晚年的孤独,想起他在林中小屋养的那些猫。他每天上午都坐公交车去给他们喂食,猫们每天上午十一点去车站迎接他。有一次,他在小屋住下来没走,第三天,猫们照样跑到车站去迎接他,他打开窗子对它们喊:"你们这些笨蛋,我在家已经待了三天啊!"

我一个人不住地笑,笑,最后眼睛湿了。年老和死亡,是我们无法超越的终极障碍啊,无论一个人多么伟大。写作令我们的一生时有强大,但在这样的时刻,我们还有什么?真正的好作品,比它的主人活得长,我们还是忘记赫拉巴尔的老年,多读他的书吧。

打碎时间枷锁

一场迷蒙的秋雨正遮蔽着时间。我总是以为,时间是由阳光标识的,当阳光被乌云阻隔,时间就仿佛凝固不动了。可钟表在我的居室内滴滴答答地走着,人为的力量提醒我,时间无处不在,时间地老天荒,时间大于一切。我们在规定的时间内,生活、休息、工作。我们在一定的时间内结束生命,结束自己的时间。人类是时间的俘虏,时间是人类的枷锁。

但时间是什么呢?从哪里来,到哪里去?是直线的,还是循环的?是可逆转的,还是一去不回的?

1995年在中国畅销的《时间简史》(史蒂芬·霍金)已经使我对

时间的认识产生了一次震荡，而2001年畅销的《时间旅行》（约翰内斯·冯·布特拉尔）对我来说，更是时间理念的一次革命。数学家和物理学家们的最新发现已经否定了历史上人们对时间的认识：时间不可逆转，时间周而复始地运动，时间只是人类的一种直觉……事实上，时间只是用来表示空间中物体位置变化的一个计量标准。而"在我们的宇宙中不存在绝对的测量，任何一种测量都取决于观察者的相对运动速度以及他所选择的参照系"。也就是说，"时间确实受运动的影响，对于两个相对运动的观测者来说，时间的流逝有所不同"。所以会有这样的佯谬：让一对双生子一个留在地面，另一个在近于光速运动的宇宙飞船中作长途旅行，当他回来时，他会比留在地上的人年轻得多。

这一被科学所证实了的事实包含了一个令人神往的结论："假定在将来的某个时候，人们已解决了所有有关的技术难题，能够制造一艘以光速飞行的宇宙飞船，那么飞船中的时间比地球上的时间要慢七倍。""那么宇航员的时间就会停止，他的航行时间瞬间成了零时间。如果他可以超过光速的话，时间这时就会后退，也就意味着，他踏上了回到过去的路程。"制造一架适用的时间机器将是人类世代孜孜以求的目标，这就是《时间旅行》一书所探讨的问题。

我想起多年以前看过的一部外国电视连续剧《时间隧道》，令人激动的是那个主人公与历史人物和事件的奇遇终有一天不再是幻想，而通过时间的旅行来修正或改变个人的命运也不是没有可能。超光速将使人类能完全成为空间和时间的主宰者，到那时，人类更是自己的主宰者。那将是一个多么令人神往的时代啊，遗憾的是这样一个全新的真正天翻地覆的时代，我们是看不到了，不过我们倒是可能以惊诧的目光迎接未来的客人，他们乘着时间机器逆行来到21世纪初年，或许可以看见一个女人在落着秋雨的天气里，坐在一台当时就已落后的噪音很大的电脑前，正敲打着一篇关于时间的文章，他们一定会哑然失笑。我或许可以这样自慰：那位未来的访客或许就是我的遥远的后代。以此推想，一个人的前生今世，一个事物的前因后果，从增长的过去，到敞开的未来，不都是可以改变的吗？

人是多么善于幻想、敢于幻想啊，我不禁惊叹于宇宙的奇特和人类探索的智慧了。我们已经看到人类空间探索的进展，因此我们有理由相信人类对时间探索的突破，或许已经有另一个世界的时间机器已瞪视了我们很久，而我们毫无察觉，但那是另一个世界的事情，人类要打碎自己的时间枷锁，寻求彻底的解放，总归是一件值得一试的事情。这也是一种时间旅行。

一本书的故事

1945年初夏的一天，巴塞罗那一个叫达涅尔的小男孩要过11岁生日，开书店的父亲带他来到"遗忘书之墓"——专门收藏为世人所遗忘之书的图书馆，鼓励他挑选了一本胡利安·卡拉斯的小说《风之影》。此后，他就被这本书迷住了，立志要成为一个作家，并开始了一场文学的寻根之旅。他想知道作者卡拉斯是一个什么样的人，现在在哪里，想知道作者的一切，但他很快就发现，一个叫谷柏的面孔模糊的人正在寻找他手中的这本书，并且疯狂地四处寻找卡拉斯的所有著作，将之焚毁殆尽。在持续的几年中，达涅尔找到了一些与《风之影》和卡拉斯有关系的人，他们对卡拉斯也都是一知半解，说法不一，最后，遗忘书之墓的老管理员让达涅尔去找他的女儿努丽娅·蒙弗特，努丽娅告诉他，卡拉斯在战争期间被枪杀于街头。而在这些年的寻找过程中，达涅尔和身边的朋友以及与卡拉斯有关的人，都受到了凶狠警长傅梅洛的跟踪威胁。

这是西班牙作家卡拉斯·鲁依斯·萨丰的畅销小说《风之影》的前半部分。全书将近五百页，物理重量不轻，我将其作为消遣读物来读，在晚上睡觉前和早晨醒来起床前读，我细细的手腕举着书，一会就酸了，书里很多的人物，很多的线头，对我的开始衰退的记忆是个考验，往往早晨读的内容，到了晚上竟然接不上了，要回读一页才能重新开始阅读之旅，就这样读了多少次才到一半。我一边读一边想，我该不是被忽悠了吧？虽然包装炒作的介绍很动人：惊悚大师斯蒂芬·金对此书大加赞赏，著名学者余秋雨强烈推荐并题写书名，席卷全球五十余国、狂销七百万册……然而，我想这终究还是一本通俗小说，虽然够丰富，够眼花缭乱，口味鲜美，但是缺乏营养。就小说而言，我最喜欢读的还是十九世纪和二十世纪前半叶的经典之作，它们没有这么复杂，但是对一个人的内心绝对有滋养作用。

一个夜晚，一个人在家，我继续读《风之影》后半部，打算读到十点就睡，可是十点过了还不困。我怕失眠，爬起来吃了两片助眠药物，一旦药性发作，我会扔下书就睡，可是两颗药片打不过一本书，我像达涅尔被卡拉斯的《风之影》所迷，也被萨丰的《风之影》吸住了，索性毁容一次，放纵一次，一直读到最后一页最后一行，看看床头的小闹钟，凌晨一点半了。印象中，有几年的除夕夜我才会这么有出息，为一本书熬到这个点儿，想不起来是否有过。

小说的线索千头万绪，事件扑朔迷离，可是能揭开谜底的人只有一个，那就是努丽娅·蒙弗特这个神秘的女人。她受到恶魔警长傅梅洛的监视，自知来日无多，将一部写好的手稿送到看管遗忘书之墓的父亲手里，委托父亲，如果她发生意外，就将手稿交给达涅尔。几天后，她被警长在街头杀害，达涅尔收到了手稿。于是，各种关于卡拉斯的碎片连缀在一起，一切真相大白。简单地说，卡拉斯与傅梅洛、阿尔达亚、米盖尔，是少时的伙伴和同学，卡拉斯与米盖尔是最好的朋友，卡拉斯爱上阿尔达亚的妹妹佩内洛佩，同样爱上她的性格阴暗的傅梅洛便痛恨卡拉斯。当卡拉斯与佩内洛佩的隐情暴露，连环灾难开始了，米盖尔资助卡拉斯和佩内洛佩逃往巴黎，但已怀孕的佩内洛佩被暴怒的父亲囚禁了，不知内情的卡拉斯一个人先到了巴黎，并接到朋友转来的佩内洛佩的信，谎称已嫁人。之后，他在苦痛中写了几本书，全都由米盖尔资助出版,在出版社工作的努丽娅·蒙弗特通过这些书爱上卡拉斯,并知道了有人在不怀好意地找卡拉斯,便将卡拉斯在出版社的地址删掉,后来她为了卡拉斯的最后一部书稿去了巴黎,在那里做了卡拉斯两个星期的情人。接着父亲破产并死亡的阿尔达亚与傅梅洛联手寻找卡拉斯,因为妹妹被关期间难产惨死,他要报仇,傅梅洛利用警察身份与巴黎的警方联络,搞到了卡拉斯的住址,让阿尔达亚去巴黎以妹妹的名义将卡拉斯骗回,在那里两人发生冲突,阿尔达亚死亡,卡拉斯逃回巴塞罗那,终于明白昔日情人惨死的痛苦事实。这时病重的好友米盖尔已经与努丽娅结婚,他到处寻找卡拉斯,并在紧急关头,将卡拉斯的证件装进自己的衣袋,与傅梅洛派来的警察对抗,被当作卡拉斯打死。但傅梅洛认出那是米盖尔,于是寻找一直在继续。卡拉斯痛苦地将自己写的堆在出版社书库里卖不出去的书全部烧毁,事发前,努丽娅偷偷将一本《风之影》藏到父亲那里。卡拉斯把自己也烧得面目全非,却在努丽娅的照顾下活了下来,他就是那个面孔模糊常常出没于佩内洛佩家待售老宅的谷柏。

故事真是太复杂了,犹如俄罗斯套娃,一层套一层,我用了这么一大段,才只是揭开一个谜底,说出一段历史,而书中的现实是,达涅尔与卡拉斯有相似的生活,也是把情人的肚子弄大了,受到对方父兄的威胁,同时他也受到恶魔警长的追踪,因为警长知道跟着他就能找到卡拉斯。最后,达涅尔在那个阴森的老宅里找到离家出走的情人,她受到卡拉斯的照顾。警长果然跟踪而来,于是,活着的人在这里相会,开始了最后的搏斗,恶魔警长终于被打死。达涅尔受了重伤,但有情人终成眷属。卡拉斯逃到巴黎,被达涅尔唤醒的心又开始了文学创作,出版了新作。

这绝对是一场文学创作的狂欢,写这样一本书,要有两个脑袋才行,一个是文学的,一个是数学的。萨丰将历史、现实、爱情、友情、成长、历险、悬疑、推理、惊悚,以及我还没有机会提及的战争(警长就是战争环境中的投机者),自然地熔于一炉,像风中重叠飘荡的幻影,丰富而迷离,读来真是心神激荡、振奋。我确定,我没有被忽悠,这的确是一部非常好看的书,够爽口,适宜现代人的口味,有一种阅读的快感。但是一觉醒来，我又怀疑，我真的读完这本书了吗？那种阅读的感觉也像风中的幻影，似有似无，抓不住，也许因为书中塞的东西太多了，分散了笔墨的缘故吧？也许因为它太强调故事性，而无法顾及语言和人物的内心。如果硬找一个记忆的主干，那就是书这回事了。

我认真地想过，作者为什么要通过寻书而不是寻宝或别的什么而组织这个复杂的故事呢？那么多人为一本书和他的作者而死，不知是书之有幸还是不幸。我宁愿想成是书之有幸。作者萨丰一定也是爱书之人，他为书籍的整体命运而忧心，因为阅读的艺术正在缓慢地消逝，他在做着一种挽留的努力。《风之影》的结尾是，达涅尔的儿子十岁的时候，书商们都改了行，旧书店大都关门，他却被父亲也带到了"遗忘书之墓"，预示着书的故事将继续承传下去。这就是爱书人的执着。相信这种执着对于我们都是有意义的，因为，就像书中写到的，一本书就像一面镜子，我们可以在书中观照自我。

南宫达的一天

南宫达是个倒霉蛋，就日常生活领域而言，没有比他更倒霉的了。他是个高中生，因为总是受同学欺负，形象有点猥琐，为了摆脱心理阴影，他到一个训练营接受了一年的集中心理治疗，觉得恢复了自信，于是转到一个新学校，开始了他新的学习生活。

然而，新生活的第一天一点都不美好。因为他原本要上的学校名称弄错了一个部首，结果他去了一个满是不良学生的暴力学校。他如何适应这样一个恶劣环境呢？他听从了一个曾经一起在训练营接受治疗的同学的建议，那就是想过正常的学校生活的话就要实施武力计划，首先要

对看起来比较弱的孩子进行挑衅，然后树立起强者的形象。这时，南宫达看到不远处有几个人正欺负一个漂亮的女孩，南宫达觉得机会来了，就开始对他们进行了挑衅，他哪里知道，为首的一个是这学校的老大，结果他收到了放学后到屋顶上的血战书。

南宫达很害怕，因为谁都打不过那个老大。他开始与训练营的那位朋友计划如何逃避屋顶的打斗，甚至偷钱买通一个练拳击的同学，去和老大挑战，为了打败老大，他们在老大吃饭的时候，将一盒变质牛奶放在老大桌上，希望他坏肚子，可牛奶偏偏被来下战书的拳击手喝了，结果当然很惨。离放学的时间越来越近，南宫达的种种计划都失败，一天中，倒霉的事情一个接着一个。当然，他也有因帮助弱小同学和别人的误会，被误认为很强大，受到同学们和那漂亮女孩短暂的尊敬的时候，这时学校的老大希望他入伙，他接受了，但他们的规矩是他必须将一个弱小同学打一顿，他只得照做，事后却非常后悔，宣布不与老大在一起，这样，他必须去屋顶了。

南宫达决绝地选择了屋顶，挺直地、勇敢地上去了。他一次次被打倒，一次次爬起来，鼻青脸肿地迎上去。最后，在同学的帮助下，终于战胜了老大。后来，他喜欢的那个漂亮女孩上了大学，而他成绩不合格留校重读，后来他当兵了，那时还念念不忘那个女孩。

以上的故事出自韩国2006年的电影《放学后的屋顶》。

看这个电影我没有共鸣，不是年龄的原因，假如真有时间飞行器让我能回到高中时代，我也不会有共鸣，因为我是女生，从没打过架，因为我也没有被霸王男同学欺负过。这是一部男人会喜欢看的电影，据说男人有两大遗憾，一是少年时代没打过架，二是青年时代没当过兵。这个电影能让从小打过架、欺负过女生和弱小男生的男人回忆起很多东西，我时常在国内纯文学刊物上读到男作家类似的少年成长小说，看来全世界的男人都有一个共同的回忆。影片中的人物，在现实里的校园生活中，过去有，现在有，将来还会有，只是电影的喜剧因素将其夸张了，也正是在这个被夸张了的情境中，我们清楚地看到，弱肉强食原来开始得这样早，在一个人还没有真正进入社会就开始了，这是我在中学时代一点都看不清的事情。

影片有很多搞笑的画面，但我只有几次短促地一笑，更多的是不舒服的感觉，因为画面的主调是灰色暗淡的（学生的校服是灰的，再加上暴力场面的暗淡），因为那些暴力镜头，还因为南宫达这个青年的形象一点都不讨人喜欢。但是影片的最后，我又对他刮目相看了，因为他终于选择了勇敢和对抗，而不是胆怯和退缩。害怕对抗是我个人的一个老毛病，所以，我很欣赏那些敢作敢为的人。一个人越早具备这个素质，将来越能把握自己的生活，恭喜南宫达终于做对了。

南宫达的一天，是倒霉的一天，胆怯的一天，也是勇敢的一天。是让人看不起的一天，也是让人刮目相看的一天。但他毕竟没有优秀的外表，也没有优秀的成绩，所以，他给人的感觉是不可爱又可爱，那个漂亮的女生对他可能就是这感觉吧。至于我们成年人，会想起自己在社会上的这些年，那些既胆怯又勇敢的瞬间。这也是编剧兼导演李石动的目的。或许，有人还要想想，自己上高中的儿子，该怎么教育？

每个儿子都需要父亲

有句话所表达的意思一盘用于了解儿子的——多年父子成兄弟。

可是，父子成仇也是生活中的寻常事，全世界都有。这不，日本的一家医院里，一位年迈的父亲来看望患了绝症的儿子，却被儿子拒绝的吼声挡在了门外。

这就是张艺谋的电影《千里走单骑》的开头。谁都会想这对父子间一定有什么隐情，所以，我一直在等着张艺谋抖包袱，可是，我很失望，电影结束了，也没说他们是为什么。而中间的事情是：儿媳给了父

亲一盘用以了解儿子的录像带，父亲才知儿子经常到中国云南看傩戏，与一个叫李加民的艺人相约下次听他唱《千里走单骑》。于是，父亲决定千里走单骑，为儿子拍回录像。可是父亲历经周折找到那里，那个李加民却进了监狱，又经过一番周折，好不容易能拍他唱戏了，他却哭得唱不了，因为他听了日本父亲的事情，想起自己没有见过的私生子，就因这个私生子，他老是受到人们的嘲笑，就失手打伤了人，就进了监狱。于是，日本父亲又去为李加民找儿子，可那个孩子不愿来，他只带给李加民一些数码相机上的照片。李加民看到儿子的照片，很感动，很满足，好好唱了一出《千里走单骑》，而这之前，日本父亲接到儿媳的电话，儿子已经去世，并且听说了父亲为他做的事，原谅了父亲。

我真的猜不出日本父亲与儿子为何那么对立，如果忽略这一点和一些其他的疑惑，还是能感到这部电影的分量的，那就是父子之情的人性力量。然而，另一个失望又来了，出演日本父亲的是期望值很高的高仓健，多年不见，他老了，脸上多了些雌性的肉，嘴巴却瘪下去了，唇边都是皱纹，没有了当年的刚毅和酷。但张艺谋还是有办法的，给了高仓健两次长久的背影，那背影还是刚毅的，掩饰着柔弱的东西，那背影能让人联想一个父亲的孤独无助，他的悔恨和内疚，以及他想挽回亲情的努力。看着他的背影，我想起那个儿子的怒吼，感受到父子间相互的痛。

那么，最疼痛的是谁呢？当然还是父亲，儿子可以仇恨，可以发泄，父亲却要忍受，被责任、悔恨、内疚和不理解所折磨，要去独自走一条回归人性的路。聊可安慰的是，这是一条正确的路，父子间达成最后的谅解，也是电影要最后完成的任务。张艺谋和高仓健完成了这个任务，可惜没有什么新意可言。比较起来，类似的电影，我更喜欢俄罗斯的《回归》：

一对十几岁的小兄弟，一直跟随母亲生活，从未见过父亲。有一天，父亲突然出现了，带他们去附近一个地方旅行，一路上，哥哥还比较顺从，弟弟却无法克服与父亲的疏离、隔膜，甚至怀疑他是否真的是父亲，总是与父亲发生冲突。而父亲对待儿子，严厉得像军训，遇到事情教给他们方法就走开，逼着他们自己处理，看不到一点父爱。最后，弟弟终于无法忍受，爬上一个高塔，父亲为救他摔死了，兄弟俩开始重新审视父亲，用父亲一路上教的旅行方法，将父亲的遗体运回家。兄弟俩抱在一起高兴，回头一看，载着父亲的小船却漂远了，慢慢沉没了，于是，他们追到水里，对着空茫的水面终于喊出了"爸爸"这一亲情的称呼。

声声呼唤在水面上萦绕，我懂得了每个儿子都需要爸爸。那声声呼唤，还让我想起俄罗斯的另一部电影《小偷》。战时，一个单身母亲带着几岁的儿子，在火车上遇到一个休假的军官并产生了爱情，军官就与他们生活了一阵子。小男孩的父亲在战场上牺牲了，一直渴望自己有一个父亲，所以特别依赖军官，但有一天，军官被囚车拉走了，因为他不是军官，而是一个小偷。可小男孩却追着车子在雪地上奔跑，摔倒了，爬起来再追，不停地喊着"爸爸"。那种一个男孩对父亲的渴望之情，实在令人动容。相比之下，《千里走单骑》中，李加民的儿子跟着日本父亲乘坐的车子跑，又逊色了。

但是，我们还是承认《千里走单骑》的警世价值吧，因为每个儿子都需要父亲，而不是需要父亲最后的忏悔，最好什么都没有发生，给孩子一个正常的童年，给孩子一个正常的儿子的位置，以及正常的父爱和责任。难道李加民也要像那个日本父亲那样，老了才开始忏悔吗？不需要，儿子才七岁，李加民已经开始人性上的回归之旅。等他到了日本父亲的那个年纪，会是多年父子成兄弟吧。

在舞中慢慢蜕变

如果你十六岁的女儿很强,能保护和相信她自己,她怎么可能让一些笨蛋撞倒她?如果你的儿子可以学会尊重地碰一个女孩儿,他一生该怎样对待女人?

那么,女孩儿如何相信自己,男孩儿如何学会尊重?特别是,当他们是一些"问题"少年,来自一个混乱而贫困的街区。

一天夜里,交谊舞大师皮埃尔·杜莱恩正走在回家的路上,突然,一个暴力场景吸引他停下脚步:一个棕色皮肤的少年,正愤怒地砸着他的女校长的高级轿车,他刚刚和校长发生了一场冲突。皮埃尔·杜莱恩冷静地看着少年的发泄,沉默地离开了。第二天,他来到女校长的办公室,要求利用那些顽劣学生留堂用的场地,教那些留堂的孩子们跳舞。

可是,这些惯于听流行歌曲、跳街舞的小东西,对他一脸不屑,冷眼旁观,他们从来都是一副冷面孔,上面满是底层生活的粗俗印迹。风度翩翩的皮埃尔不急不火,一天一天,用自己绅士般的着装、温文尔雅的举止和播放机里的古典音乐,熏染着他们,这样过了一段时间,他突然请来一个舞姿优美的女搭档,共同为学生表演了一曲激情火热、流光溢彩的拉丁舞,震撼了这些年轻人。于是,这些顽劣的小家伙们小心地伸出手,探出脚,开始学习那些规矩的舞步,希望能跳出老师那样的舞蹈,甚至突发奇想,将皮埃尔的正统舞蹈与hip-hop相结合,衍生出一种活力四射的独特舞蹈。最终,他们在全城有名的舞蹈大赛上,光芒四射,引人注目。

这就是电影《独领风潮》的故事,有点简单,有点一本正经,但还是很激动人心的。当你知道这是根据交谊舞大师皮埃尔·杜莱恩的真实经历改编的,你还会改变对舞蹈,特别是交谊舞的偏见(如果你有的话),多些对舞蹈的认识,甚至对舞蹈增加一分信任感。当你眼看着父亲酗酒的孩子和母亲卖淫的孩子脸上有了微笑和自信，看到动不动就打架的同学之间变得团结和相互尊重，你不能不感到一种神奇。

看完这个电影，我忽然想起我们国家刚开始流行交际舞的时候，一个看上去不会跳舞的男人说，每当他和老婆闹别扭的时候，他就请老婆一起去舞厅跳舞，什么也不说，只是跳舞，然后一切就化解了。那时候，他让我明白，跳舞还有这样一种微妙的作用。《独领风潮》让我更加明白，舞蹈不只是一种表现和张扬，它是一种美丽的语言，能够实现口中的语言无法实现的沟通，在舞中，口中的语言变得乏力、苍白、软弱，你深深地感到肢体语言的那种力量，还有综合的精神。那就是皮埃尔·杜莱恩舞蹈俱乐部网站主页上那段标志性的文字所说的："皮埃尔·杜莱恩舞蹈俱乐部虽然是一家交际舞学校，却不仅教授舞蹈，我们还帮助大家捕捉激动、娱乐、浪漫、优雅和自信的舞蹈精神。"

在电影中，让我们看到舞蹈这种力量和精神魅力的，是安东尼奥·班德拉斯，他是公认的具有超凡魅力的演员，公认的女人的梦中情人，公认的男人的心中偶像。我还是第一次看他的电影，真的被他的英俊、从容和优雅吸引了。据说这个电影2006年春天推出在美国影院上映时，班德拉斯的浪漫舞步成了吸引观众的最大卖点，统计数字显示，观众中百分之六十五都是女性。如果我在那里，我不会是百分之三十五那一伙儿的。

看这部电影，容易忘记年龄，真想变为十六岁，或者十七岁、十八岁，然后遇到皮埃尔这样一个老师。而如今，我只能观赏别人的十六岁，愉悦地欣赏别人的舞蹈，探戈、华尔兹、拉丁舞、街舞……各有各的魅力，在影片舞蹈的视觉盛宴中，我有了另一个发现，那些学生在舞会上热情麻辣的舞蹈，与皮埃尔站在场边的优雅沉着形成鲜亮的对照，于是，班德拉斯越发的有魅力，学生越发的可爱。

我想，这个电影应该叫《舞蹈课》更为恰当，但那未免落俗套了，叫《独领风潮》并没有吸引力，可是会有一些寓意吧。那些迷惘的孩子，在美丽的舞蹈中，化蛹为蝶，找到了自信，找到了希望，找到了人生的方向，他们不仅独领舞蹈的风潮，也将独领自己的生活。